徒然草

つれづれぐさ

吉田兼好的散策隨筆

よしだけんこう

Kenkō Yoshida

吉田兼好 著

文東 譯

光華輝耀七百年——傳世之作《徒然草》

《徒然草》，書名原意為「隱逸閒情隨想錄」，堪稱日本中世文學的代表作，與清少納言的《枕草子》、鴨長明的《方丈記》並列日本三大隨筆集。

根據考證，這部作品是吉田兼好法師生前興之所至，於經卷抄本等處隨手寫下的諸多文字片段。法師往生之後，與其門徒命松丸素有深交的武將今川了俊於一三三〇至一三三一年間彙蒐遺稿，編纂為二百四十三段，再自開篇序段中摘名為《徒然草》一書，可惜成書之後並未受到重視，直至今川晚年門生的正徹法師將親筆抄本供其弟子讀閱，這才日漸廣為人知。到了江戶時代，這一本行文明晰且深入淺出的文集，甚至被推崇為處世範本。至此，其卓越典籍的地位已然不容撼搖。

以和文漢語書寫而成的《徒然草》，其根柢源自於著重中庸之道的儒學，加上佛教、禪道，以及老莊思想揉合其中。這種帶有留白美感的隱士文學，此後逐漸形塑出日本特有的美學意識。縱觀全書內容，可以概分為人生觀、自然觀、美學論、文學論、藝術論與軼聞趣事幾項類別。這些感想札記與社會紀錄，不僅充分映照出當代的特色，亦可從中窺見對於王朝時代的憧憬，以及崇古與浪漫的完美結合。

兼好法師是一位寓哲學於生活實踐的入世隱士，在講究道德之際不忘追求快樂，可以說，他既是悲觀主義者，也是享樂主義者。不執著於某種特定立場，正是其文字超逸脫俗的最大關鍵；但這般具有多重面向的思惟，卻也屢屢造成書中的不同段落呈現了價值衝突。然而，表裡分歧的看法，亦不啻為真實人性的最佳體現。

後世的研究學者於引用諸多文獻佐證某個觀點時，經常赫然發現《徒然草》的文字儘管最為精簡，卻也最能直搗問題的核心。新穎的文思，奇特的譬喻，超群的視角，正是這部古典文學大作歷久彌新的魅力所在。

作者小史

吉田兼好，生於一二八三年，時值日本南北朝時代，相當於中國元朝。本姓卜部，家族為京都吉田神社歷代相傳之神官，至江戶時代方有此稱謂，又或以其僧人身分尊稱兼好法師。

兼好法師品學兼備，精通神儒佛道與老莊思想，亦為知名書道家與歌人。初侍堀川氏，及至後二条天皇繼位，因天皇生母西華門院出身堀川家而命為六位藏人，服侍天皇起居與輔佐祕書事務，日後晉升至從五位下左兵衛佐，於三十歲前出家，其後隱居於修學院與比叡山等地，潛心向佛。

其文學造詣深厚，師從二条派歌道，有近二十首和歌作品分別收錄於《續千載集》、《續拾遺集》與《風雅集》，代表作隨筆集《徒然草》更是文壇與史界之珍貴典籍。

關於其亡歿年代衆說紛紜，一三五二年八月之《後普光園院殿百首》尚見列名，此後並無確證。

以上兩則文字
為日文譯者吳季倫　協助編譯

《徒然草》抄．小引

周作人

《徒然草》是日本南北朝時代（1332—1392）的代表文學作品。著者兼好法師（1282—1350）本姓卜部，居於京都之吉田，故通稱吉田兼好。初事後宇多院上皇，為左兵衛尉，一三二四年上皇崩後在修學院出家，後行腳各處，死於伊賀，年六十九歲。

今川了俊命人蒐其遺稿，於伊賀得歌稿五十紙，於吉田之感神院得散文隨筆，多帖壁上或寫在經卷抄本的後面，編集成二卷凡二百四十三段，取開卷之語定名《徒然草》。近代學者北村季吟著疏曰《徒然草文段抄》，有這一節可以作為全書的解題：

「此書大體仿清少納言之《枕草子》，多用《源氏物語》之詞。大抵用和歌辭句，而其旨趣則有說儒道者，有說老莊之道者，亦有說神道佛道者。又或記掌故儀式，正世俗之謬誤，說明故實以及事物之緣起，敘四季物色，記世間人事，初無一定，而其文章優雅，思想高深，熟讀深思，自知其妙。」

關於兼好人品後世議論紛紜，迄無定論。有的根據《太平記》二十一卷的記事，以為他替高師直寫過情書去挑引鹽冶高真的妻，是個放蕩不法的和尚；或者又說《太平記》是不可靠的書，兼好實在是高僧；又或者說他是憂國志士之遁跡空門者。這些爭論我們可以不用管他，只就《徒然草》上看來，他是一個文人，他的個性整個地投射在文字上面，很明瞭地映寫出來。他的性格的確有點不統一，因為兩卷裡禁欲家與快樂派的思想同時並存，照普通說法不免說是矛盾，但我覺得也正在這個地方使人最感到興趣，因為這是最人情的，比傾向任何極端都要更自然而且更好。《徒然草》最大的價值可以說是在於它的趣味性，卷中雖有理知的議論，但決不是乾燥冷酷的，如道學家的常態，根底裡含有一種溫潤的情緒，隨處想用了趣味去觀察社會萬物，所以即在教訓的文字上也富於詩的分子，我們讀過去，時時覺得六百年前老法師的話有如昨日朋友的對談，是很愉快的事。《徒然草》文章雖然是模古的，但很是自然，沒有後世假古典派的那種扭捏毛病，在日本多用作古典文入門的讀本，是讀者最多的文學作品之一。

上文刊於
一九二五年
四月刊《語絲》22期，署名周作人，
後收入《冥土旅行》。此處有刪節。

序段

無聊之日，枯坐硯前，心中不由雜想紛呈，乃隨手寫來；其間似有不近常理者，視為怪談可也。

第一段

人生在世，最是貪圖名位。天皇固然尊貴之極，皇親國戚也都是金枝玉葉，不是尋常人可以高攀；攝政關白[1]在一人之下、萬人之上，當然不容奢望。至於身在大內，號稱「舍人」[2]的諸貴人，也不能等閒視之。其子孫即便破落，也自有其清姿貴格。相比之下，有一點身份就小人得志、自命不凡的人，就不足道了。

世上怕沒有多少人把法師瞧得上眼吧。清少納言[3]就說過：人視之「猶如木屑」。說得很客觀。法師一輩子高座說法，俯臨眾生，似有無上的權威，但對他來說，究竟有什麼意義呢？增賀上人[4]似乎說過，

---

1 攝政關白：相當於丞相、宰相的職位，簡稱「攝關」。攝政出自《史記．燕召公世家》：「成王既幼，周公攝政。」乃天皇幼年，輔助總理萬機的職務。關白本為「陳述，稟告」之意，語出《漢書．霍光金日傳》：「諸事皆先關白光，然後奏天子。」後經遣唐使引入日本，是日本天皇成年後輔助總理日常事務的重要職位。

2 舍人：皇宮裡的內侍，又指權貴子弟。

3 清少納言，日本平安朝中期女作家，與《源氏物語》作者紫式部同為平安時期兩大才女，代表作為《枕草子》。

4 增賀上人（917–1003），平安中期天臺宗高僧比叡山（別稱天臺山）座主慈惠之弟子，傳說其人不慕名利，多奇行。上人是對僧

一心求名，是有違佛陀教義的。不過真心捨棄現世、歸皈佛門的人，倒頗為令人欽羨。

人都會想有秀美的姿容。不過談吐招人喜愛而並不多話的人，也會讓人整天面對都不覺得乏味。姿采雖然炫目，德行並不相符的人，就著實令人惋惜了。

姑且不論，德性與容貌都是天生的。思想境界，能透過持續不斷的修習，日復一日地精進。天生容貌氣質不錯的人，如果腹中並無才學，又常與品貌俱無的人在一起，甚至被他的習性品味所影響，比他們還不如，就真的不是我所願意看到的。

我對於世上男子的期許，在於有修身齊家的真才

人的尊稱，意為上德之人。《十誦律》有云：「人有四種，一、粗人，二、濁人，三、中間人，四、上人。」

實學，長於詩賦文章，通曉和歌[5]樂理，精通典章制度，而能夠為人表率，這是最理想的。其次，工於書法，信筆揮灑皆成模樣；善於歌詠，而能合乎音律節拍；對於席上別人的勸酒，如果推辭不了，也能略飲一點，以不傷應酬的和氣，對於男人來說，這也是相當好的事。

第二段

不諳熟上古聖明時代的善政，不瞭解今日民間的疾苦與國家的憂患，只知貪圖豪華奢侈，唯恐窮街陋巷、簞食瓢飲的人，真是懵懂不明之至啊！

九條殿[6]在對子孫的遺訓中說過：「從衣冠到車

---

5 和歌：日本的本土詩歌形式，音樂性很強，是與最早流傳於日本的中國古詩（日本稱漢詩）相對的名稱，因日本叫大和民族，故稱其為和歌。

6 九條殿：即藤原師輔（908—960），關白忠平之子，九四七年任右大臣，在九五〇年左右著有《九條殿遺誡》。

馬，有什麼用什麼，不要不自量力地去貪求鮮美豪華。」順德院[7]曾著書記載皇宮裡的事，也曾說過：「天皇御服的標準，以粗簡樸素為佳。」

第三段

事事能幹卻不解風情的男子，好比沒有杯底的玉杯，中看不中用。[8]

相比之下，彷徨無計、流離失所，整日裡晨霜夜露、疲於奔命，既怕聽父母的訓誡，又擔心世人的譏諷，時時刻刻心中慌亂不安，而常常孤枕難眠，這樣的日子，倒是其味無窮。只要不一味沉迷於女色，而

7 順德院：院是上皇（退位後的天皇）、法皇（出了家的上皇）居住之處，後即被用為上皇、法皇的尊稱。順德院即為第八十四代的順德天皇（1197—1242）遜位後的稱呼。

8 典出《昭明文選．左思．三都賦序》：「且夫玉卮無當，雖寶非用。」

且讓女子們知道自己不是隨便苟且之人，就得體許多了。

第四段

心中不忘來世，日日不離佛道，是我最讚賞的態度。

第五段

遭遇不幸而憂愁深重的人，輕率地就削髮為僧、皈依佛門，實在不足取。在我看來，還不如閉門謝客，絕來斷往，在方生方死、無欲無求中清靜度日。

顯基中納言[9]說，要在無罪之時，遙想於流放之地賞

---

9 顯基中納言：即源顯基（1000—1047），是後一條天皇的寵臣，一生得意，天皇死後他亦出家。中納言為日本古代官職名，俗稱「黃門」，其主要職責是傳達天皇的敕令，並將臣下的意見上奏。

10 前中書王：指醍醐天皇之子兼明親王（914—987），曾任中務卿，又稱中書王。所謂「前」乃相對村上天皇的皇子具平親王而言，後者也擔任過中務卿，史稱後中書王。

11 九條太政大臣：即藤原伊通（1022—1094），官至太政大臣。

12 花園左大臣：即源有仁（1103—1147），後三條天皇之孫，輔仁親王之子，曾任左大臣，因其官邸在花園，故有此稱。

13 染殿大臣：即藤原良房（804—

玩月色。這話真是深得我心啊！

第六段

身居顯要、門第尊貴的人，都認為最好不要育養後代，何況平庸凡俗之人，更當如此！像前中書王[10]、九條太政大臣[11]、花園左大臣[12]這些人，都樂於讓一門香火在自己這裡斷掉。染殿大臣[13]也說過：「沒有子孫是件大好事，有了子孫而不肖，才可悲呢！」這話出自世繼翁《大鏡》[14]一書。當年聖德太子[15]在修造御墓的時候說：「這邊要斷，那邊也要切，我就是要絕後！」

872），曾任太政大臣、攝政，因其官邸稱染殿，故稱。

14 《大鏡》又名《世繼物語》，此書作者為藤原為業，內容是假託一個名叫世繼翁的老人和一個名叫夏山繁樹的老人的對談。

15 聖德太子（574—622），是日本古代重要的攝政，對日本文化的發展有巨大貢獻。他是用明天皇之子，本名廄戶皇子，因為相傳他在馬房之前出生；別名豐聰耳（據說他可以同時聽十個人說話而不會誤聽）。他是從一九五八年到一九八三年間流通使用的日幣萬元鈔票的幣面人物。

第七段

倘若無常野[16]的露水和鳥部山[17]的雲煙都永不消散，世上的人，既不會老，也不會死，則縱然有大千世界，又哪裡有生的情趣可言呢？世上的萬物，原本是變動不居、生死相續的，也唯有如此，才妙不可言。

天生萬物，而以人之壽命最長。其他如蜉蝣，早上出生晚上死亡[18]；如夏蟬，只活一夏而不知有春與秋[19]。然而抱著從容恬淡的心態過日子，一年都顯得漫長無盡；抱著貪婪執著的心態過日子，縱有千年也短暫如一夜之夢。人的壽命雖然稍長，但仍不可能永留人世。以過客之身，暫居於世上，等待老醜之年的

16 無常野：在京都嵯峨野深處、愛宕山的山麓，為埋葬死者之地。

17 鳥部山：位於京都近郊東山，這裡有火葬場。

18 此句典出《淮南子．説林訓》：「蜉蝣朝生而暮死，而盡其榮。」

19 此句典出《莊子．逍遙遊》：「朝菌不知晦朔，蟪居不知春秋。」

必然到來，到底所圖為何呢？莊子有云，壽則多辱[20]。所以至遲四十歲以前，就應該瞑目謝世，這是天大好事。

過了這個年紀，還沒有自慚形穢的覺悟，仍然熱衷於在眾人中拋頭露臉；等到了晚年，又溺愛子孫，奢望在有生之年看到他們功成名就[21]，把心思一味地放在世俗的名利上，對人情物趣一無所知，這樣的人，想起來就覺得可悲可厭。

第八段

世上最能迷惑人心的，莫過於色欲。人心實在是愚昧啊！明知薰香並不能常駐，雖暫時附著於衣物之

20 此句典出《莊子．天地》。

21 此句典出《白氏文集、秦中吟》：「朝露貪名利，夕陽憂子孫。」

上，聞著也不禁心旌蕩漾，難以自持。

昔年有位久米仙人[22]，能夠御空而行；當他飛過家鄉時，看見河邊洗衣女用雙腳踏踩衣物，裸露出雪白的小腿，心中起了色欲，頓時喪失神通之力，從天上掉了下來。

不過女人手足的豐滿美豔如凝脂，是其天然的本色，能夠讓人心迷惑，倒在情理之中。

第九段

女子頭髮的造形，最引人注目。至於她的人品、氣質之類，就算隔簾相語，不睹其面，也能從二三語

---

22 久米仙人：傳說中的人物，《元亨釋書》（十八）中有記載：「久米仙人，和州上郡人。入深山學仙法，食松葉，服薜荔，一旦騰空，飛過故里，會婦人以足踏浣衣，其脛甚白，忽生染心，即時墜落。」

中聽出大概來。

女人的作為，能讓男人心旌蕩漾、神魂顛倒。她自己也常為春思所催，不能安眠，以至於不惜自薦於枕席之間，行苟且之事。這都是心懷色欲的緣故。

人心的愛欲，根自本性，其源也遠。能令人沾惹六塵[23]的嗜欲雖然不少，舍而棄之，是可以辦到的。唯有愛欲，不論老幼賢愚，莫不為其所惑，不能了斷。是以用女人的髮絲搓為繩索，能夠拴住象腿不令其動；以女人的木屐削而為笛，橫吹之聲能令秋日之牡鹿集於眼前。想來這色欲之惑，是最需警戒懼怖的。

---

23 六塵：佛教用語，指「色、聲、香、味、觸、法」通過六根，即「眼、耳、鼻、舌、身、意」進入身體，污染衆生的純潔本性。故有六塵不染、六根清淨之說。

第一〇段

住所要舒適自在，雖說浮生如逆旅，也不妨有盎然的意趣。

高人雅士幽居之所，月光流入時，自有一股沁人心脾的氣象；今天的時尚，追逐的都是些惡俗的風格，一無可取。此間則是古木繚繞、園草雜生，一派天然野趣。籬圍與牆垣的造設，要考慮到周邊的景致宜人；日常器物的措置，也一定富有古樸之趣，沒有一絲做作的痕跡，才可以讓人到此雅興勃發。

唐土與日本之器物，有極精緻的，都是工匠們費盡心思、百般雕琢而成，如果將它們錯雜並陳，又將庭前的草木，一律違拗其天性，肆意摧殘，看了真讓人心生厭惡。這樣的地方，又怎麼能長住呢？我每見到這樣的庭戶，就想搞得如此精致，誰知道它哪天不會頃刻間付諸一炬呢？大體說來，從住所的佈置情況，就能夠推斷主人的品味氣質。

後德大寺大臣[24]在寢殿中拉了繩索，不讓野鳶飛到庭院中來。前來造訪的西行法師[25]看見了，就問：「就算野鳶飛進來，又有什麼關係？這位大人怎麼會有這樣的心胸呢？」據說他從此以後再不來這裡了。綾小路宮[26]居住的小阪殿的樑柱上，也曾經拉了繩，我因此才想起西行法師的事。小阪殿中的人說：「這是因為烏鴉飛進來啄食池中的青蛙，親王心疼那些青蛙的緣故。」如果是這樣的話，就是一件大好事了。後德大寺大臣那麼做，或者也有他的原因吧，只是我不知道而已。

24 後德大寺大臣：即左大臣藤原實定（1139—1191），其祖父修建了德大寺，被稱為「德大寺左大臣」，因此實定被稱為「後德大寺大臣」。

25 西行法師（1118—1190），原名佐藤義清，為平安鎌倉間著名歌僧。

26 綾小路宮：指龜山天皇之子性法惠親王，因居京都綾小路盡頭的妙法院，故稱綾小路宮。小阪殿為妙法院的別名。

第十一段

神無月[27]時節，我路過叫栗棲野的地方，到一個山村去。沿著長滿苔蘚的小路走了很久，來到山村的深處，見到一個清寂的佛庵。被落葉所埋的引水筒中，水聲泠泠可聞，此外便寂然無聲。在閼伽棚[28]上，看到散放著摘下的菊花、紅葉，才知道此處仍有人居住。

在如此簡陋的地方，也有人居住，不禁心生感慨。又見前方庭園裡，有一株果實沉沉的橘樹，只是四周嚴實地圍著一圈籬柵，則有些令人掃興。如果沒有這棵樹，這裡的天然之趣，或者就得以保全了吧？

---

27 神無月：陰曆十月的古稱，時為初冬。

28 閼伽棚：放置供佛用淨水的木板或者木架。於伽為梵語的音譯，意思是淨水。

第一二段

與志趣相投的友人從容閒談，不論所談為饒有趣味之事，還是瑣屑無聊之事，都能以性情相見，真是一大快樂。不過這樣的人很難遇到。

如果談話的對象，意見與自己一味相同，則與自己獨坐有何差異。

交談之時，有完全同意對方意見的，也有意見略有分歧的，要爭論起來，說「我的看法不是這樣」、「因此我的結論是……」等等，在閒來無事時，都挺有意思的。有人對世道人心頗為不滿，而我的想法則迥然不同，與之論辯一番，也可稍慰寂寥之心。然而畢竟心存隔閡，不能盡興，則與知己晤對時的感覺不同。

第一三段

在孤燈下獨坐翻書，與古人相伴，真是何等快哉！

書籍當中，《文選》的各卷都是富於情趣的作品，除此之外，如《白氏文集》、老子《道德經》及莊子《南華真經》等，都是佳作[29]。

本國歷代諸博士[30]的著述中，也常有高妙之作。

第一四段

不管怎樣，和歌作品還是充滿情趣的。

---

29 《文選》即《昭明文選》，是中國現存最早的一部詩文總集，由南朝昭明太子蕭統主編。《白氏文集》指白居易的詩文集。《南華真經》是《莊子》的別稱。

30 博士：泛指學者，著述之人。

種種山鄉鄙事，吟詠入歌後，都別有一番味道。譬如豬本是粗俗討厭的東西，而吟為「臥豬之床」，就覺得雅馴有致。

近代的和歌作品中，還是有讀來讓人有所觸動的，但總覺得不如古歌那麼蘊藉。貫之有「心非柔絲結[31]」之歌，據傳是《古今和歌集》中的「歌屑[32]」，但今世歌詠者能夠達到這個境界的，又有多少呢？當時的和歌作品，不論在格式上還是字句上，與此歌相類似的不少，但只把這首歌列為歌屑，很令人不解。且《源氏物語》中還曾引用過歌中的一句。《新古今和歌集》中「山松亦寂寥」一歌也被稱為歌屑。這首歌確有瑣碎之感，但在眾人評定時，經眾議判為「宜好」之作，日後更獲得褒獎。此事《家長日

---

31 貫之：即紀貫之（約 848—約 945），《古今和歌集》的撰寫者之一，平安朝前期的代表歌人。文中所引和歌的大意為：「把絲搓到一起就不細了，一個人走在離別的路上，卻感到心細呢。」

32 歌屑：指和歌中的劣作。

記》[33]中俱有記載。

雖說和歌之道古今並無不同，但同樣是唱酬之作的歌詞、歌枕[34]，今人就不如古人那般字詞平易近人、格調清新，所以古人的作品更為感人。《梁塵秘抄》[35]中郢曲的歌詞，也有不少富於情趣的作品。古人隨口吟哦出來的詞句，聽起來都很有味道。

第一五段

偶爾出京遊歷，不論到何處，都讓人有耳目一新之感。凡所到之處，則悠然閒步，舉目四望。在田舍山村之間，總能看到些新鮮的事物。如果正好遇到要去京城的人，就托他帶封書信回去，在信中囑咐收信

---

33 家長日記：家長即源家長（1170—1234），鐮倉時代歌人，仕於鳥羽天皇的和歌所，他曾經記日記，記述十二年間有關《新古今和歌集》的編選始末。

34 歌枕：指和歌中經常吟詠的各地名勝。

35 《梁塵秘抄》：平安朝末期的歌謠集，由後白河天皇編撰。「梁塵」一詞出自劉向《別錄》：「漢興以來，善歌者魯人虞公發聲清哀，蓋動梁塵。受學者莫能及也。」。「郢曲」源出自《文選．宋玉對楚王問》：「客有歌於郢中者……其為陽春白雪，國中屬而和者，不過數十人……是其曲彌高，其和彌寡。」原指楚曲，此處泛指歌謠。

人「有幾件事，方便的時候萬祈辦妥」云云，實在也有趣得緊。

到了外間，諸般事物都讓人覺得妙趣橫生，連當地人攜帶的用具，看起來也別具特色，更不用說遇到各種才藝不凡、風姿出衆的人，更讓人看得興致勃勃。要不自己一人悄然潛入寺院、神社等處參拜，也很有樂趣。

第一六段

神樂[36]高雅而不乏情趣，大體說來，以笛與篳篥[37]所奏之樂為佳，但經常想聽的是琵琶與和琴[38]。

---

36 神樂：泛指祭祀時在神前演奏的音樂。

37 篳篥：即觱篥。也稱管，古代管樂器之一種，多用於軍中。由古代龜茲牧人所發明，後自中國傳入日本。

38 和琴：日本本土的一種六弦琴。

第一七段

隱居山寺，虔誠事佛，不止一無煩憂，也洗淨心中濁念。

第一八段

人如果立身簡素，不慕豪奢，不斂財貨，不貪圖功名利祿，則可謂人中之上品也。自古以來，很少見到富貴賢人。

唐土有個許由，沒有任何身外之物。有人見他用雙手捧水喝，就送他一個水瓢。他將水瓢掛在樹上，因為風吹得響動，聽了心煩，就棄而不用，仍然用手捧水喝。此人心中，何其清澈啊！還有個名叫孫晨的人，冬天沒有被褥，只有蒿草一束，晚上睡在上面，早上便收起來。

唐土人視之為高士，記入書中傳之後世。此等之人若在我國，是無人記述的。

❖

第一九段

萬物隨四季的更替，各有其不同的情趣。

世人都說，秋天的事物最有情趣。這話確實不錯。然而最使人心潮湧動的則莫過於春色。當此之際，啾啁鳥鳴中飽含春意，和煦的陽光下，幼草在牆根悄然萌動，而春意隨之漸濃。這時霞光遍灑，衆花含苞欲放，如不幸遇上連日風雨，則又倉皇隕落、飄散一地。此後則草木繁滋、天地轉綠，其中觸動人心、惹人愁思的，就多了。橘之花，本就令人懷舊了，梅之香，讓人思慮往昔，牽惹舊情；何況還有棣棠之花的豔光明麗、紫藤的嬌弱無依，我見猶憐。凡此種種，都令人逡巡流連，不能忘懷。

灌佛日[39]與祭日[40]的時候，到處裝飾著葵花，初發的新葉與嫩枝，生意盎然，讓人有清涼之感。於是有人說，這是人世間的情趣與人的戀世之心最為濃郁之時。此話不假。五月間，要在門上插菖蒲驅邪，稻田裡開始插稻秧，水雞的鳴叫篤篤如叩門之聲，都讓人為之心動。六月裡，窮人家的牆角開滿了白色的夕顏花，到處燃起了驅趕蚊蟲的煙火，很有味道。六月末的大祓[41]也很有意思。

七夕的祭儀很是優雅。夜晚逐漸轉涼，大雁飛來，在天際鳴叫，蘆荻之葉開始變黃，早稻收割、晾曬等事務接踵而來。秋日，乃是農事最多的時節。勁風吹拂的晚秋之晨，也有趣。這樣的情景，在《源氏物語》、《枕草子》等書中都有過描述，然而相同

39 灌佛日：又名佛生會、浴佛節，指每年農曆四月初八（釋迦牟尼佛誕生日）舉行灌浴佛像之禮。

40 祭日：指農曆四月中的酉日舉行的賀茂祭，又被稱作「葵祭」。

41 大祓：在六月和十二月的最後一天舉行的祛除災禍、污穢的儀式。六月的大祓也稱為「夏越之祓」，十二月的大祓也稱為「年越之祓」。

的事物，親身經歷後，不妨自己也來描述一番。當心中有所感觸而不把它表達出來，不免會腹脹氣悶，鬱積不堪，不如信手寫下來。不過也沒有必要拿給別人看，寫完隨手扔掉即是。

冬日草木枯萎的景色，不下於秋色。早上起來，水邊的草地上，散落著紅葉，泛著白色的霜氣；庭院的流水之上，寒煙繚繞，頗饒意趣。就要到歲末年終之時了，看著世人忙著備置貨物，心中也不免有所感觸。過臘月二十日後，月亮就見不著了，靜夜裡面沒有什麼可觀賞的，只有一天的澄澈清寒，令人有寂寞之感。佛名會[42]、祭陵使[43]諸事都很有意趣，也讓人心懷崇敬。這個時候，朝中政事繁忙，又要為新春到來時的諸事務作好準備，還真不輕鬆。除夕夜宮中

42 佛名會：農曆十二月十九日到二十一日三夜在宮中舉行的佛事。讀誦《佛名經》，稱念過去、現在、未來諸佛名號，以懺悔滅罪之法會。

43 祭陵使：朝廷在十二月的吉日，遣使將各地進貢的新米新果選送皇室陵墓以為祭奠。

的追儺[44]儀式與緊接著元日[45]早上皇上的四方拜[46]儀式，都非常有意思。除夕，眾人於午夜前手持松枝火把狂呼亂叫，四處叩門，奔跑起來好像雙腳都沒有著地，哪知道為了什麼呢？天亮之後，到處寂靜無聲，只有舊年的餘味在心頭縈回，令人有悵然之感。除夕之夜原本是祭奠亡靈的時間，但現在京城已經沒有這個風俗了，只在關東地區還有人這麼做。這也是個讓人感興趣的事。

元日的早晨，晴空萬里，景色與昨日並無兩樣，但心情卻大不相同，真是奇怪。京城裡，通衢大道的兩旁，家家戶戶都擺出了門松，一眼望去，綿延不絕，充滿盎然的生機，令人心生喜愛，真是有味道啊。

---

44 追儺：日本宮廷中的除夕驅鬼儀式，宮中近侍用桃木弓和葦箭射鬼，民間則炒豆驅鬼。源自中國，由遣唐使傳入日本。

45 元日：農曆正月初一，即春節。

46 四方拜：日本的傳統儀式，元日拂曉，天皇親自拜天地四方以息災祈福。

第二〇段

有遁世者說：「我在世上已經了無牽掛，只對於時序節令的推移，還不能忘懷。」此話我深以為然。

第二一段

賞月的時候，萬物也隨之更加感人。有人說：「沒有比月更富有情趣的了。」也有人分辯說：「最有情趣之物，該是露珠吧？」這樣的爭論，也很有趣。然而在不同的場合下，萬物各有其天然的情趣。

月與花不必說了，便是風，也令人為之心動，而清溪巉岩相與激蕩，則無時不令人逸興遄飛。我還記得這樣的詩句：「沅湘日夜東流去，不為愁人住少時。」[47]真是意境深遠。嵇康也說：「遊山澤，觀魚鳥，心甚樂之。」[48]大約在人跡不到、水草清茂之處徜徉容與，是人世間最為賞心悅目的事。

第二二段

古人的東西才談得上有味道，今天的種種，都著實粗俗簡陋。這一點，單從古人木工手藝之精湛上，就看得出來。至於文章詞采，古代留存下來的，就算斷簡殘篇都很有可觀。

反觀一些常用語，演變至今，則已日見乏味。比

47 唐代戴叔倫《湘南即事》：「盧橘花開楓葉衰，出門何處望京師。沅湘日夜東流去，不為愁人住少時。」

48 典出嵇康《文選・與山巨源絶交書》。

如古語之「起車兮！」、「撩其炬」，今天則說為「抬吆」、「拔吆」；主殿寮[49]以前「傳衆備燎」的說法，今天則已經變為「告訴衆人點起火把」；以前天皇聽最勝講[50]的地方，稱為「御講之廬」，現在則簡稱為「講廬」。老一輩的人，聽到這些說法，莫不深以為憾。

第二三段

方今已是末世之象，只有九重[51]之中，還肅然不受流俗之氣侵染，可堪額手稱慶。

露臺、朝餉[52]，某殿、某門等，單聽名字，就有雅正之感。本來常用在微賤場所的稱謂，如小蔀、小

49 主殿寮：宮廷官職名，負責灑掃、沐浴、燈燭諸事。

50 最勝講：指宮廷之中每到五月間在清涼殿開講《金光明最勝王經》的法會，以祈求國家安寧，皇祚永勝。

51 九重：指皇宮，語出《楚辭・九辯》。

52 朝餉：清涼殿中天子朝食之所——清涼殿是天皇日常起居、辦公的場所。

板鋪[53]、高遣戶等，用在宮中，反而覺得別有味道。群臣之座處說「陣上添燈」，聽著很雅；在天子寢殿則說「請速掌燈」，也佳。公卿們在陣中處理事務時舉止儀態之可觀，自不用說；各司部下臣們熟練地做事時臉上得意洋洋的樣子，看著也十分有趣。寒夜裡，這班人在大殿上隨處而臥的樣子，也妙趣橫生。德大寺太政大臣說：「內侍所[54]的鈴聲，極其優雅耐聽。」

第二四段

齋宮[55]來到野宮[56]時，風采極其優雅有趣。為了避諱，把「經」、「佛」等詞稱為「染紙」、「中子」，也很有意思。

---

53 小蔀、小板鋪、高遣戶：皆為清涼殿上不同方向的小窗、隔扇、活動木結構的名稱。

54 內侍所：溫明殿的別名，是安放神鏡、司掌內侍的地方。內侍所在天子拜神之時演奏神樂，女官引鈴而鳴，此處所藏古鈴今仍為日本國寶。

55 齋宮：指每逢天皇換代之際，去伊勢神宮和賀茂神社侍奉神靈的未婚皇女。「齋宮」本是她們住地的名字，後用來指代她們自己。

56 野宮：齋宮赴伊勢之前齋戒一年的地方。

神社都是予人深刻印象的優雅場所。古木青蒼的景致，已非尋常可見，又有玉垣圍繞，神木之上皆垂繫木綿[57]，實在蔚為壯觀。

最稱勝景的神社有：伊勢、賀茂、春日、平野、住吉、三輪、貴船、吉田、大原野、松尾、梅宮等處。

第二五段

飛鳥川[58]的淵渚變化不定，人世的無常，也同樣如此。

---

57 木綿：用樹的纖維織成的布，用以裝飾。

58 飛鳥川：奈良縣高市郡的一條河流，因為河流湍急，深淺之處變化頗大，因此亦常被喻為變幻莫測的河流。奈良縣中央即為飛鳥地區，它曾是日本古代國家誕生的中心舞臺，並因此而聞名。

時事變遷，悲喜相續，昔日的高堂華屋都化為荒郊野地，就算屋宇未改，而人非舊雨，桃李無言，又有誰與我閒話當年呢？何況那些遠古的陳跡，更如浮雲朝露，早已消散無形了。

每到京極殿、法成寺等處時，就有物是人非之感。它們都是御堂大人[59]精心建造的，為此還拿出了不少莊園來擴充規模，其用意不外是我這一族，貴為天子攝政，總攬天下大權，府邸也自當千秋不朽、萬世顯赫。但如何能料到今日荒頹衰敗如此呢？其大門、金堂雖然保存到了近代，但正和年間，南門被焚，其後金堂也倒塌，沒再重建。只有無量壽院還殘留著昔日的盛況：九尊丈六的佛像依舊巍然並峙，行成大納言[60]題寫的匾額、兼行[61]在門扉上的題字，都

---

59 御堂大人：即藤原道長（966—1027），平安時代中期的關白，出家後居住在法華寺，史稱「御堂關白」。京極殿是關白出家之前的官邸，死後被焚毀。

60 行成大納言：即藤原行成（972—1027），平安時代著名書法家。

61 兼行：即源兼行，生平不詳，亦以書法聞名。

還煥然如新。法華堂似乎還在，但也前途難卜。

其他僅有基石尚存的遺址，早不知當時為何殿何堂。由此觀之，操心於身後之事，實在並不明智。

❖

第二六段

人心是不待風吹而自落的花。以前的戀人，還記得她情深意切的話，但人已離我而去，形同路人。此種生離之痛，有甚於死別也。

❖

故見到染絲，有人會傷心；面對岔路，有人會悲泣[62]，堀川院的百首和歌[63]中有歌云：

---

62 染絲、岔路，典出《淮南子》：「墨子見練絲而泣之，為其可以黃可以黑。」「楊子見逵路而哭之，為其可以南可以北。」

63 堀川院：即堀河天皇，他曾命十六名著名歌人各獻和歌百首，共計一千六百首。

舊垣今又來，
彼姝安在哉？
唯見萋萋處，
寂寞堇花開。

這種寂寞的景況，誰說沒有呢？

◈

第二七段

在讓位儀式上，上皇要將劍、璽、內侍所[64]移交給新的天皇。這事想起來都讓人感到淒涼無比。新院[65]退位的那年春天，曾作了一首和歌詠道：

---

64 劍、璽、內侍所：指草薙劍、八阪瓊曲玉、八咫鏡三種神器，簡稱「劍、璽、鏡」，兩千年來一直被當作日本皇室的信物。內侍所為存放神鏡之地，此處用來代指神鏡。

65 新院：指剛退位的天皇。更早退位的天皇依次稱為本院、中院等。

庭間諸役散，
花落人未掃。

眾臣僕忙於新天皇的冗雜事務，無人再去參拜上皇的御所，乃不免有孤清寂寞之感。這種時候，最可以顯見人心。

第二八段

諒闇[66]之年是最讓人心哀慟的日子。

倚廬[67]之所要用木板低築，以葦草作門簾，簾上之橫布用土布製作，一切常用之器具，都要簡樸無華。侍臣的裝束、大刀、飄帶等，都和平日不同，看上去莊重肅穆。

---

66 諒闇：指天子為父母居喪的時期。

67 倚廬：天子在居喪期間的臨時住所。

第二九段

仔細想來，世間萬事都能忘懷，唯有對故人往事的眷戀，最難放下。

❖

夜深人靜的時候，為了消磨時間，就著手整理雜物。在大堆陳舊的紙卷中，竟看到過世友人的書信手跡，以及當時乘興而作的畫，內心便沉浸在當日情景的回憶之中。至於在世者的書信，看起來年代久遠了，也一邊回想著是哪年、哪月的事，一邊不禁感慨萬千。過去常用的器具，雖然平日裡不太愛護，倒沒什麼損壞，看著，也讓人黯然神傷。

第三〇段

死後的情景，是最令人傷心的。

❖

死後中陰[68]期間，遺體停在山寺裡，親戚朋友從各處雲集而來，舉行法事。一時之間就顯得擁擠嘈雜，讓人心緒不寧。時間過得很快，不知不覺就是法事的最後一天，大家都意興闌珊，彼此之間也無話可說，於是收拾行李，各自返回來處。回家之後，讓人傷心的事恐怕會更多吧。有人說：「這種事不要隨便談論，多考慮一下活著的人吧。」這世道竟然有這樣的言論，想起來真讓人感到遺憾。

對亡人的追思，並不隨歲月的流逝而消滅，但古話說「去者日以疏[69]」，其哀傷之情，已不如當初深切，乃至說起往事時，已是言笑如常。遺骸葬於了無人跡的深山之中，只有在忌日才去灑掃一次。不久，

---

68 中陰：人死之後七七四十九日期間為中陰。

69 典出《文選・古詩十九首》：「去者日已疎，生者日已親。」

墳上的碑碣便長出青苔，落葉也覆蓋了墓地。來訪的，只有日暮的風、夜半的月罷了。

懷念者在世時尚且如此，當其逝世之後，子孫只是聽說其人，又如何會有由衷的緬懷呢？從此墓地就再無人憑弔，淪為無名荒墳[70]，只有年年春草，令善感者望之動情。嗚咽之蒼松，不待千年就已砍伐為薪，古墓也犁為田地[71]，從此再無形跡可尋，可悲啊！

第三一段

早晨起來，白雪飛舞，真是意趣盎然。又因有事要告訴某人，就寫了一封信送去，信中沒有隻字片

70 典出《白居易・續古詩》：「古墓何代人，不知名與姓，化作路傍土，年年春草生。」

71 典出《文選・古詩十九首》：「古墓犁為田，松柏摧為薪。」

72 妻戶：向外推的兩扇木板門，位於正屋的四角。

語提到早晨的飛雪。對方回信說：「對這場雪作何感想，尊駕真是吝於一言。如此俗物，豈能與我言事？君胸中甚少情趣也。」這話著實令人回味。這位友人如今已經故去，但這件小事，卻令我難忘。

第三二段

九月二十日，應某人的邀約，一起去賞月夜遊。中途此人一時興起，要去拜訪他的一位友人。於是派人傳達入內，我則站在荒蕪的庭院中等他。四下裡露氣繁重，飄浮著薰香的氣味，這幽居的住所，景致還不錯。

那人不久便從屋裡出來，我還在欣賞美景。從暗處望去，見主人送完客後，又把旁邊的妻戶[72]推開一點，抬頭望月。此時如果只是關門進屋，就毫無韻味可言。她卻不知道外面有人看到她推戶賞月，所以此舉應當出於她平素的修養，絕不是做給人看的。

聽說此屋主人不久後便去世了。

第三三段

今天的大內，在重新建造時，曾經請了精通舊制的人來一一檢核，認為都契合無誤。快到遷幸的時候，玄輝門院[73]來參觀，說：「閑院殿的櫛形穴應該是圓形的，邊緣上也沒有雕飾。」在場的人無不感嘆折服。

眼前的這個孔被鑿成了樹葉形，還加上了木邊的裝飾，這是不合制度的。於是改了過來。

73　玄輝門院：左大臣藤原實雄之女，後深草天皇的妃子，伏見天皇的生母。門院這個稱謂是天皇母后皈依佛門之後的尊稱。

第三四段

甲香[74]的形狀，近似法螺貝，而較小，開口處是細長突出的貝蓋。

武藏國[75]的金澤浦[76]出產此物，聽說當地人稱為「海納塔里」。

第三五段

字寫得不好，還無所顧忌地到處題字作書的人，勇氣可嘉；稱自己書法不好就請人代筆作書的人，反而做作得讓人討厭。

74 甲香：有一種貝的外殼可碾成粉狀摻進煉香之中，此種貝稱為甲香。

75 武藏國：日本古代的令制國之一，屬東海道，又稱武州。

76 金澤浦：位元於今橫濱市的濱海地區。

第三六段

曾有人說過一番話，令我深有同感：「相好的女人許久不去看望，料想著她心裡不知如何的怨恨我。如此怠慢佳人，心中非常歉疚，真不知如何解釋才好。但人家叫人傳話來說：『遣個童兒來報個平安就好了嘛。』聽了真是滿心歡喜，女人有這樣的心態，實在是可人。」

第三七段

與自己朝夕相處、親密無間的人，有時突然變得客氣起來，自己肯定就會覺得到這個地步了，沒必要還這樣吧。

也有人覺得如此舉動其實挺得體的，很好。

又，平時比較生疏的人之間，偶爾也能肝膽相照，此種妙事，令人嚮往。

◈

第三八段

被名利驅使，一輩子緊張勞累，是何等不明智的事啊！

只顧積累錢財，忽略了修身養性[77]，錢財就只是招累買煩的東西[78]。而「身後堆金拄北斗」[79]，又把煩惱都留給了後人。凡夫俗子們就喜歡看到家中堆金砌銀，十分無聊。乘高車、坐大馬[80]，穿金戴玉，在明白人看來，不僅討厭，而且愚不可及。最好還是

---

77 典出《老子》：多則惑。

78 典出文選：張華《鷦鷯賦》「不懷寶以賈害兮，不飾表已招累兮。」

79 白居易《勸酒》：「身後堆金拄北斗不如生前一樽酒。」

80 這指司馬相如的故事。

「捐金於山，沉珠於淵」[81]。一味沉迷於利欲的人，可謂愚蠢之至。

人都想有不朽的盛名能夠傳諸後世。達官貴人，不一定都是忠貞正直的人。名門之下，也有拙劣之輩，靠出身和運氣躋身廟堂，甚至過著窮奢極欲的生活。相反，傑出的聖賢，一生地位卑下、懷才不遇的，也不乏其人[82]。因此，一心渴慕高官顯位的人，其愚蠢的程度，僅次於沉醉利欲的人。還有想以出眾的智慧與品行留名後世的人[83]。

然而這也是經不起推敲的：一般喜愛名譽的人，都喜歡聽到世人的讚揚。只是不管是讚揚你的人，還是詆毀你的人，在世上都待不久，替你傳名的人，也

---

81 文選：班固《東都賦》，「捐金於山 沉珠於淵。」

82 文選：稽康《與山巨源絶交書》：「老子莊周，吾之師也，親居賤職。」

83 《晉書．張翰傳》：「使我有身後名，不如即時一盃酒。」

要不多久就消逝了。害怕愧對誰，希望得到誰的認可，又有什麼意義呢？誹議隨聲響而起，身後之名毫無用處，執意去追求，實在也是愚蠢之舉。一心想變得智慧或者成為賢者的人，要知道虛偽出自智慧[84]，一身才能讓人一生煩惱。不管是經別人傳授而掌握知識，還是經自己勤學而掌握知識，都不能說有了真智慧。什麼是真智慧呢？即是要明白可與不可都一樣的道理[85]。至人無智、無德、無功、無名[86]，沒有人知道他，也沒有人替他傳名於後世。這樣的人，並不是有意要變得大智若愚，而是已經超越賢與愚、得與失的區分，達到了更高的境界。[87]

追逐世間浮名與虛利的癡愚之人，大略就有以上

---

84 典出《老子》：「智慧出，有大偽。」

85 《莊子・德充符》：「胡不直使彼以死生一條，以可不可為一貫，解其桎梏其可乎。」

86 《莊子・逍遙遊》：「至人無幾、神人無功、聖人無名。」

87 這段結合老子與莊子〈德充符〉、〈逍遙遊〉，是道家思想的展現。

幾類。實際上世間萬事皆非，沒必要在意，也不值得期盼。

第三九段

有人問法然上人[88]：「念佛的時候容易瞌睡，感覺自己修行之心並不堅定，如何才能消除此障呢？」上人答曰：「請在醒著的時候念佛。」真是妙極。

又云：「往生，堅信則必然，猶豫則未必。」也妙。

又云：「雖在猶豫之中，念佛不輟，也可以往生[89]。」極妙。

---

88 法然上人（1133—1212）：名源空，今岡山縣稻岡人，日本淨土宗開山鼻祖。

89 往生：佛教中指人死後，精神前往極樂世界達到另外一層生的境界。

第四〇段

因幡國[90]有位入道[91]的女兒容貌非凡，來求婚的人極多。但這女子平常只吃栗子，不進米麵，其父就對求婚的眾人說：「我這女兒，不是尋常之人，不可以與人婚配。」就這樣把前來求婚的人都回絕了。

❖

第四一段

五月初五，驅車去賀茂神社觀看賽馬，到了之後，發現圍觀的人極多，車上無法觀看，於是就下了車，想到馬場的圍欄邊去近看。然而那裡更為擁擠，根本無法靠近。

---

90 因幡國：日本古代的令制國之一，屬山陰道，又稱因州。今鳥取縣東部

91 入道：皈依佛教之人。

這時發現對面一棵楝樹上，有個法師蹲踞在樹杈中間，手扶著身旁的樹枝打瞌睡。每當眼看就要掉下來時，就會驚醒過來，如此反覆再三。觀眾中有人嘲諷說：「真是個大蠢物，在這麼高的樹枝上還能安心睡覺？」

我聽了這話，心中忽然有所觸動，便應聲道：「我等又怎知死期不近在眼前呢？還不是整天在這兒觀看賽馬，比那法師，豈不更蠢？」眾人聞言，都回頭看著我，點頭說：「足下所言極是，此事確實愚蠢。」於是一邊說「請進、請進」，一邊為我讓開一席之地，使我得以近前觀局。

其實這道理人人都知道，只不過在這種場合下，猶如現場說法，讓人聽了更有當頭棒喝、恍然大悟之感。人非木石，觸景生情[92]是情理之中的事。

❖

第四二段

唐橋中將的兒子，人稱「行雅僧都」，是宣講教義的僧人。他一向患有上火之疾，年事日高後，更達到口鼻堵塞、呼吸困難程度。雖然經過多方治療，病情仍然日益加重，眼睛、眉額腫大得把半邊臉都蓋住了，形狀類似「二之舞」[93]的面具，而眼睛長在頭頂，鼻子長在額頭上，看著猶如一張鬼臉，極其恐怖。此僧後來就不再在寺衆中露面，長年獨處一室，最後因病重而去世。

世上竟有如此怪病。

92 語出白居易〈李夫人〉：「人非木石皆有情。」

93 二之舞：一種使用可怕的紅色面具的舞蹈，由男女二人表演。

第四三段

暮春時節，天朗氣清的時候，路過一個頗為體面的人家，門戶深邃，古木蒼蒼，落花遍灑於庭院，令人流連難捨。於是進門探望，見其朝南的格窗都放了下來，到處寂靜無聲；朝東的一扇角門半開著，從門簾的破損處，窺見一個二十來歲的清秀男子，儀態優雅，神情閒淡，正坐在几案前翻書閱讀。

不知道他是何人，有機會倒想正式拜訪一下。

❖

第四四段

某夜月色中，見一年輕男子在月光下走出柴門，雖然身影朦朧，但其光鮮的狩衣[94]與深紫色的指貫[95]仍然引人注目。同行的還有一個可愛的童子，兩人沿著田間小路，撥開兩旁的稻葉前行，全然不顧露水會沾濕了衣裳。隨後又吹起了笛子，笛聲悠揚而起，真是優雅無比，只是在這鄉村僻地恐怕難尋知音吧。因為想知道這少年欲往何處，我竟尾隨而去。不久他也不再吹笛，徑直走進了山邊一座寺廟的大門。門內車榻之上，停著一輛大車，比京城裡的車還惹眼。遂向廟內雜役打聽，回答說：「有皇家貴人到此，今夜恐怕要有法會吧。」

此時法師們都聚集到了正堂上，不知何處的薰香隨夜晚寒冷的風飄來，極其沁人心脾。從寢殿通往正堂的走廊上，宮女們疾走如風。這等景象，在此人煙稀少的山村，非常引人注目。

秋野上雜草怒生，繁露欲墜，蟲聲幽怨如訴；庭院内水聲泠泠，天上的雲彩，飄動得似乎比京城的要

---

94 狩衣：本來是打獵時所穿，後來成為平安時代官家的便服，也是武士的禮服。

95 指貫：是一種褲管十分寬鬆的燈籠褲，褲腳在腳踝處束起。

快，讓月也為之陰晴不定。

第四五段

從二位公世[96]的兄長良覺僧正，性情極為暴躁。因他僧房一側有一株巨碩的榎樹，眾人便稱他為「榎之僧正」。僧正覺得這個稱謂不雅，就砍去了大樹，只留下一段殘株，眾人便改稱他為「殘株之僧正」。僧正聽了更為憤怒，把殘株也連根掘起，只留下一個大坑在那裡。眾人遂又稱他為「掘坑之僧正」。

第四六段

柳原[97]一帶有一個僧人，法號為「强盜法印

---

96 從二位公世：指的是從二位侍從藤原公世，是著名的彈箏家兼歌人。

97 柳原：今京都市上京區柳原町附近。

」[98]。因為他曾多次遭遇强盜，所以有了這個名號。

❖

第四七段

有一人與一位老尼同行去清水寺。一路上，老尼一直喃喃自語地說：「嚏哉、嚏哉……」那人就問：「師太為何口中念念不止？」老尼並不作答，依然念誦不絕。那人又反覆問了數次，老尼才生氣地說：「你這人真是煩人。沒聽說過打噴嚏時，如果不反覆念這個，就可能死去？我有個養君[99]，托寄在比叡山做沙彌，我估計他此時要打噴嚏，才不停念誦。」

如此用心，可謂大慈也。

---

98 法印：日本朝廷賜予僧侶的最高僧位，法印之下則為法眼、法橋。

99 養君：指以乳母身份撫養的孩子。

第四八段

光親卿[100]在為上皇侍講《最勝王經》期間，曾蒙上皇賜以御膳。他用完膳後，匆匆將狼藉的盤盞、食盒推進御簾，就退下了。前來收拾的女官見了說：「這是何人所食，竟如此不潔？」上皇聽說這事後，竟感慨再三，說：「這是真正通曉事理的人所為，難得啊！」

第四九段

「莫待老來方學道，古墳多是少年人。」身患意外之疾而將不久於人世時，才省悟自己的過錯，在於

---

100 光親卿：指權中納言藤原光親，後鳥羽天皇的寵臣。

緩急不辨：當急的事不急，當緩的事沒緩。然而此時後悔，又有何用呢？

人應該切記於心、時刻不忘的，是死期的迫近。唯其如此，才能看淡俗世名利而一心向佛。

過去曾有一位高僧，每當別人有緊要之事向他通報時，他就說：「我這裡也有件十分緊要的事，需爭朝夕！」說罷就捂住耳朵，只顧念佛，最終得赴往生淨土。

此事記載於《禪林十因》一書。另有名為心戒的高僧，因參透世事的無常，平素靜坐之時，雙膝從不落地，只是蹲著。人問其故，答曰：「三界六道無可安坐之處也。」

第五〇段

慶長[101]年間，傳聞有人從伊勢國把女鬼帶進了京城。於是二十多天裡，從京城到白川一帶的人，天天都出門看鬼，「昨日去了西園寺」、「今日去了上皇的御所」、「現在好像又去了哪裡哪裡」。一時之間，傳說紛紜，但並無一人真正見到了鬼，也沒有人站出來斥之為荒謬之事，而上上下下都在津津樂道地說鬼。

那時我正好從東山去安居院一帶，在四條路，見到衆人皆往北面跑去，一路叫喊著鬼在一條、室町那邊。從今出川望去，上皇看臺附近早已擠滿了人，道路都為之堵塞不通。我遂覺得此事似乎並非空穴來

101 慶長（1311—1312）是日本花園天皇的年號。

風，就派人上前去看個究竟，然而遇到鬼的人卻一個也沒有。直到日暮時分，衆人仍亂糟糟地聚在彼處觀望，甚至爭吵打鬥起來。

那兩三日裡有不少人生病，有人說女鬼的謠傳是疾病的前兆。

❖

第五一段

皇上欲將大井川的水引入龜山殿御池，遂下詔叫大井地方的百姓製造水車，且賞賜了重金。幾天後，水車造出來，但是紋風不動，反覆調校也無法奏效，只好閒置了下來。

然後又詔請善制水車的宇治鄉人來重造，結果轉瞬之間便造了出來，運作自如，汲水也易如反掌。

由此可見，凡事貴在精專。

第五二段

仁和寺一位法師到老年都不曾參拜過石清水[102]，一直引以為恨。有一次，他獨自步行而去，到極樂寺、高良[103]等處參拜後，覺得此行已甚圓滿，便轉身回去了。

回去後，對眾人說：「多年的夙願終於得償。這次我看到的比我以前聽說的還要精彩。前去參拜的人都想登上山頂，不知是何道理？我本來也想登一下山，但因為只是為了拜神而去，所以連山都未見到就回來了。」

---

102 石清水：指石清水八幡神社，位於京都府的男山上，參拜者必須先登山。

103 極樂寺、高良：皆為八幡神社的附屬寺廟和神社，都在男山山下。該法師誤以為此二處即石清水。

可見小事上也要有達人指點才好。

第五三段

下面的事，也是聽仁和寺的法師說的：寺中有一見習小童將往別處出家為僧，寺中眾人餞別。宴席上，眾人興致高昂，小童也乘著醉意，將身旁一隻三足鼎取來往頭上戴；鼎口小，他就强行壓平鼻子，把頭塞進鼎中，然後在席上起舞，逗得滿座的人興奮莫名。

宴會近尾聲時，小童想要將鼎取下，但無論如何卻取不下來。眾人於是惶恐失措，不知如何是好。有人試著反覆地旋轉拉拔，都不奏效，而小童的脖子也紅腫流血，口中呼吸困難。這種情況下，也不敢將鼎敲碎，因為鼎中之人無法承受敲擊之聲。沒有辦法，只好用一件單衣蓋在鼎足之上，讓小童一手拄杖，一手讓人牽引著，去京師就醫。一路上，見者莫不驚為怪物。

來到醫師面前，那情形看起來也十分怪異：只聽得鼎中嗡嗡地說話，卻聽不清楚說些什麼。醫師說：「醫書上從來沒見過這等症狀，師父也沒有提到過，沒有辦法啊！」小童只好仍舊頂著鼎返回寺中，他的親人與母親也來他枕前悲嘆啜泣，恐怕他是聽不見了。

有人建議說：「乾脆用力强拔出來吧，就算磨掉耳朵鼻子，也要把命保住。」於是在鼎內頭顱四周塞滿稻草，以減輕摩擦，再使盡力氣往外拔，好像要把頭都拔掉一樣。最後，頭拔了出來，但耳朵與鼻子都殘廢了。此人後來長期臥病在床，但好歹在垂危之際保住了性命。

❖

第五四段

御室[104]有童子長得甚秀美，衆法師一心要邀他一同外出遊玩，便叫上寺中會弄絲竹的樂僧，又專門製作了精美的食盒，裝入箱子一樣的容器裡，埋在雙岡一個方便尋找的地方，在上面鋪上紅葉，然後回到寺中邀童子一同出遊。

衆人四處遊玩一番後，來到埋箱子的地方，在青苔地上若無其事地並排坐下，相互打趣道：「真累啊，要是此時有人燒紅葉、煮美酒[105]，就實在太好了。」「諸位中作法靈驗的，此時何不一求佛祖？」說罷有人就在埋了東西的地方，手撚佛珠，裝神弄鬼地比劃著，如此這般撥開樹葉，地裡卻空無一物！

---

104 御室：仁和寺的俗稱，此寺為宇多天皇所建，宇多天皇讓位後出家亦在此。

105 典出白居易〈秋興〉：「林間暖酒燒紅葉，石上題詩掃綠苔。」

眾人以為記錯了地點，又向四周刨掘，但找遍此山，東西仍然杳無蹤跡。估計在埋的時候就被人家看到，趁他們返回寺裡的時候偷走了。眾人只好愧恨交加，憤憤然地互相埋怨著回去了。本來極有興味的一件事，如果過頭了，就難免以掃興收場。

第五五段

修築住房，必要考慮到夏日的舒適。冬天什麼地方都可以住，夏天炎熱潮濕，如果住所不舒適，是極其難熬的。

庭院裡的池子水太深，就沒有清涼之感，潺潺的淺流，才能感到無限清涼。如果要讓室內之物秋毫可辨，則安裝遣戶[106]的屋子比安裝蔀[107]的屋子更加敞亮。天井如果太深，容易使冬天的室內森寒陰暗。有一種說法認為，在空餘的地方裝飾些東西，不僅可以增添觀賞的趣味，還往往有意想不到的實用。

第五六段

與人久別重逢，就一五一十地説起自己的情況，實在無趣得很。就算是推心置腹的朋友，如有一段時間沒見，也會稍有隔閡之感。

沒有教養的人，偶然在外面見到有趣的事，回來後，連氣都來不及喘，就滔滔不絕地説起來。涵養好的人説話，雖然在座的人多，他也只面對一個人説，但其他人都在仔細聆聽。涵養差的人則喜歡處在人堆中，對著眾人高談闊論，引得陣陣哄笑，十分嘈雜煩人。有的人説起來有趣的事，聽起來卻不覺得有趣；有的人説無趣的事，也讓人聽得開懷大笑。由此可以

---

106 遣戶：有兩個不同的溝槽、可左右拉動的木製雙扇拉門。

107 蔀：古義為覆蓋於棚架上以遮蔽陽光的草席。後指一種上半部可吊起的板窗，放下後可遮風避雨，是日本民居中常見的木結構。

判斷一個人品格的高下。

品評他人容貌美醜與學問高下時，總拿自己來作比較，是可厭的事。

第五七段

有人談論詩歌，專挑寫得很差的詩歌來品評，實在令人遺憾。對於詩歌稍有涵養的人就可以看出這些詩並不是好詩。凡事一知半解而好發表高論者，總會讓人聽起來不舒服。

第五八段

有人說：「心中有佛的人，住在哪裡都一樣，即使四鄰都是世俗之人，所為都是世俗之事，要修得往生淨土，也並不難。」說這個話的人，對於來世，其實一無所知。簡要地說來，看破紅塵而欲超脫生死的人，哪有心思去侍奉君上，操心家務？外務縈心，則心為所動，不得安寧，更不能潛心修道了。

在器度境界上，今人遠不如古人。隱居山林之後，食不能果腹，衣不能禦寒，心中就會動搖，不時會眷戀俗世的安樂。於是有人就說：「既然遁世的境況如此不堪，又何必捨棄凡塵呢？」此話真的說的大錯特錯。捨棄現世而皈依佛道的人，即便心有所欲，也不如諸權貴那般貪得無厭。一張紙衾、一襲麻衣、一缽藜羹[108]，足矣。對常人而言，施捨這些是不需要花費多少的。出家人既然容易得到這些，也就易滿足，如果內心還有所奢求，也能夠惕然自省而遠惡近善。

---

108 典出《韓非子．五蠹》與《莊子．讓王》。

人應以遁世避俗為要務，如果一味貪婪於名利，不誠心向佛而漸入菩提之境，則與牲畜何異？

◈

第五九段

有志於出家參悟佛乘、圓滿功德的人，心中縱有萬千難以捨棄、不能心安之事，也要當即放下。有人或者會想：「這件事隨手就可以辦了。」「那件事也隨手就能辦妥。」「這些事，為了不給將來留下麻煩，也免得讓人嘲笑，還是先處理妥當為好。」「這麼多年都忙碌過來了，這點事也不太費時間，還是不急這一時片刻吧。」如果這樣，則無可逃避的事反而會越來越多，無窮無盡，最終永無修行之日。世間略有慧根而有心向佛的人不少，但都耽誤在這樣的想法中，枉度了一生。

遇到火災要逃命時，哪有說「再等一等」的道理？為了保住性命，總會顧不上羞恥，拋下家中財物就跑。生命的迫促，也像大火一樣不會等人。無常相逼，比水火之災還要急迫，也更難逃脫。死期一到，家中的老人、幼子，身受的君恩、人情，一切難捨之人事，也都不得不捨棄了。

❖

第六〇段

真乘院[109]有一位德高望重的智者，名叫盛親僧都，嗜食芋頭，而且數量龐大。既便是在講誦經義時，也要在膝邊放一個大缽，裡面盛滿芋頭，邊講邊吃。偶爾有身體不適時，就用一周或兩周的時間，獨居一室，自己選好上等的芋頭，大吃而特吃，用這種方法來治病。僧都極其貧寒，所以上任主持法師去世時，留給他兩百貫錢和一所寺舍。他將寺舍出售，得錢一百貫，合那兩百貫共為三百貫錢，都存放在京師某

109 真乘院亦屬仁和寺，是為貴族出家居於寺中的小院。

人處，作為購買芋頭的資金，一次取出十貫來盡興。這筆遺款後來全部用在了芋頭上，沒有一絲一毫花在別的地方，有人說：「在困窘之際得到三百貫錢，又用這種方式來花掉，真是罕見的有道心之人！」

此僧都[110]見到某位法師，給那法師取了個別號叫「西羅巫努利」。有人問：「這玩意是什麼呢？」僧都回答說：「我也不知道，但如果真有這玩意，一定長得像那法師。」

此僧都長得相貌堂堂，孔武有力，食量也很大，書法、學問與論辯之才，都卓然超群，為教門之法燈[111]，寺僧都很敬重他。僧都不以世俗之事為意，凡事率性而為，絕不輕隨人意。平時在寺裡進膳時，總是

---

110 僧都：日本僧官級別之一，位次於「僧正」，其中又分大僧都、少僧都等級別。位次於僧都的，稱為律師。

111 法燈：比喻能照破世間黑暗的佛法之燈。此處指最高權威。

等不到眾人的膳食準備完備，只要自己面前有了，就逕自開吃。想要離開時，就起身獨自離開。不管是正時或非定時之食，都不與眾人同進，而不管夜半還是黎明，自己想吃的時候，就吃。大白天裡，想睡了，就回房大睡，不管有什麼大事，都置若罔聞。醒來以後，則可以連續幾夜不睡，澄心吟嘯，從容遨遊，這都不是世人之常態，然而世人對他並無異議，反而推崇備至，確是因為他德高望重的緣故吧。

第六一段

宮中之人臨產時，有落甑[112]之俗，原本不是必然的儀式，只在嬰兒胎衣久久不落時才使用；如果胎衣當即落下，則不需用。此是來自民間的迷信，並無特

112 落甑：甑為一種圓形的蒸飯工具。此生產習俗見於《平家物語》：「皇后生產時，使甑自宮殿之棟上落下，皇子誕生時向南，皇女誕生時向北落下。」

別的道理。用的是大原[113]這地方的甑。在歷代藏寶庫中，收藏的古代繪畫，畫中便記錄了賤民生產時落甑的場景。

第六二段

延政門院[114]幼時曾作和歌，托人送到後嵯峨上皇手中。歌詞內容是說：

「ふなつもじ（こ）　牛の角もじ（い）　すぐなもじ（し）　ゆがみもじ（く）　とぞ君はおぼゆる。」

歌詞之意是「思念父皇」。

---

113 大原里：今京都市左京區大原。因大原與大腹日語同音，故取此地之甑。

114 延政門院（1259—1332）：後嵯峨天皇之次女。

↑ 此段為字謎，形態近乎《世說新語・捷悟》篇中的絕妙好辭。

第六三段

舉行後七日法事[115]時，主持法事的阿闍梨[116]照例要召集武士，守衛現場。大約因為以前發生過盜賊滋擾的事，當值者才如此小題大做。一年的吉凶，都要從這場年初法事中顯現，但在法事中用兵，恐怕不太妥當。

第六四段

有人說，乘五緒之車[117]，不必僅以乘者個人之官位為限定。其族人中官位最高者能夠達到標準，則族人皆可乘之。

---

115 後七日法事：每年正月初八到十四日在宮中真言院舉行的法事，祈禱五穀豐登、國泰民安。

116 阿闍梨：梵語的音譯，意為師範、規範師，也有翻譯為正行等。指可作為弟子榜樣的高僧。

117 五緒之車：一種帶簾子的牛車，簾子上除左右鑲邊之外，中間還有三道垂下來的風帶，故稱「五緒」。當時普遍認為只有高級官員才夠資格乘坐五緒之車。本段是對此說法的質疑。

第六五段

有人說，近年所戴之帽子比過去高了，手中還有過去的帽桶的人，要加高桶沿後才能使用。

◈

第六六段

岡本關白大人命飼鷹人下毛野武勝將一對鳥兒裝飾在開花的紅梅枝上，進呈皇宮。武勝回答說：「我不知道將鳥兒裝飾在花上的方法是什麼，也沒聽說過用兩隻鳥配一枝花的事。」關白於是向膳部等職司及周圍諸人打聽，然後又對武勝說：「那麼，你就自己看著辦吧。」武勝於是在一枝無花的梅枝上放了一隻

◈

長月：指農曆九月，此時夜晚開始變得漫長，由此而得名。

鳥，送進了皇宮。

據武勝說：「雜木的枝條、僅有花蕾的梅枝與花已凋落的梅枝，都可以綴之以鳥。也可以置於五葉松的枝條上。枝條長七尺或六尺，在一端的切口中間，再向內切入五分，鳥即可固定在樹枝中間，有的樹枝是可以把鳥綁住的，有的是可以讓鳥踩踏的。用未開裂的青葛之藤，從上下兩處將鳥固定在枝上，藤的末端，留出像鳥翼末端的突出部分那麼長的一段，使其彎成牛角狀。初雪方降的早晨，將枝條扛在肩上，昂然從中門進宮，然後順著大砌之石而上，不在雪地留下腳印。拔下幾片鳥的尾羽，散棄於地上，並把樹枝倚靠在殿外的欄杆上。如果受到賞賜，則將之扛在肩上，行禮後退出。雖說是初雪，但如果雪還沒有下到能把靴子埋住的程度，則不宜覲見。拔撒羽毛，是因為鷹捕鳥時常以爪喙攫其腰部，如此則表明此鳥為君主所飼之鷹所捉。」

不把鳥附著於有花之枝上，是什麼原因？長月[118]之時，有人將錦雞附著在人造的梅枝上進貢，說法是：「為君折枝，不論時節。」此事見於《伊勢物語》。那麼，人造花是無妨的嗎？

第六七段

賀茂的岩本、橋本兩社，分別祭奉著業平[119]、實方[120]，但世人常將二人弄混淆。有一年我去參拜時，見到一位老年宮司[121]，就叫住他，向他請教。他極恭敬地回答說：「實方倒影映在淨手處之水流上，而橋本也在離水流不遠的地方。」

吉水和尚有和歌詠道：「昔時賞月眺花人，即是此間在原君？」說的又是岩本社。君等自是雅人，所知更當有甚於我。」我聽了深為感動，嘆服不已。

---

119 業平：即在原業平，著名歌人。

120 實方：即藤原實方，亦為著名歌人。

121 宮司：神社中掌管祭祀、禱祝諸事的官員。

今出川院[122]的近衛[123]有不少作品收入傳世歌集中。她幼時即作有百餘首歌詠，用此二神社淨手處之水研墨抄錄，進奉於神位前。近衛聲譽甚高，有不少膾炙人口的和歌，其漢文詩賦文章也都佳妙。

❖

第六八段

築紫[124]有一位押領使[125]，稱白蘿蔔能治百病，每天早上都要烤食二枚，堅持了許多年。

有一天仇家趁他官邸防衛空虛時，前來突襲。邸中突然冒出兩位武士，拚死禦敵，終將其擊退。押領使大為迷惑，乃問道：「平時府中並不曾見過二位，今日竟能為在下死戰，不知尊駕何許人也？」二人

---

122 今出川院：龜山天皇的皇后。

123 近衛：今出川院身邊的一名女官，著名歌人。

124 築紫：古義指日本的九州地區。

125 押領使：平安時代，日本朝廷的軍備逐漸廢弛，被迫承認武士團的正當性，甚至讓他們行使國家的軍事、司法和警察權，這些武士團首領即被稱為「押領使」。

答道：「一向蒙君信賴，吾等即君每晨所食之白蘿蔔。」說罷就不見了。

唯信仰堅定者，才有此福報吧？

◈

第六九段

書寫上人[126]，即因長誦《法華經》而臻於六根清淨之境的法師。某日，上人在旅舍進房之際，聽到用豆萊煮豆時發出的咕嘟咕嘟之聲，似是豆子在對豆萊說：「君等是我近親，為何如此無情地煮我，讓我痛苦難當？」豆萊的畢剝爆裂之聲，似又在回答說：「這不是我等的本意，我等被燒，也已不堪忍受其苦，實在無能為力啊！求你不要出言抱怨了。」

126　書寫上人：即平安時期淨土宗的大師性空上人，由於居住在兵庫縣的書寫山，並創立圓教寺而被尊稱為書寫上人。

第七〇段

元應年間，在清暑堂[127]舉行的御神樂宴會上，名器玄上[128]遺失還沒找到，菊亭大臣[129]就用牧馬[130]彈奏。入座後，撫柱調音時，一個琴柱脫落了下來，情急之中，用懷中所攜的飯糊臨時黏合上去。等到向神位奉上供物時，飯糊已經全乾了，但終究沒有影響到奏樂。

琴柱脫落大約是因為某個身著被衣[131]的貴婦人來參觀時，出於不知何種怨恨之心，上前將琵琶的一個琴柱扳了下來，然後依樣放回原位。

---

127 清暑堂：天皇即位後舉行御神樂宴會的處所，在該處演奏神樂，賜宴群臣。

128 玄上：日本宮廷中一把著名的琵琶，為累代的寶物，由仁明天皇時期的遣唐使自中土帶回日本，1316年丟失，三年後找到，卻於1336年焚毀於宮闈火災。

129 菊亭大臣：指鎌倉時期的太政大臣西園寺實兼的兒子、右大臣兼季。因其庭前多植菊，故名菊亭大臣，是菊亭大姓的始祖。

130 牧馬：與玄上並稱，同為宮廷之中的著名樂器。

131 被衣：古代日本上流社會的婦女外出時所穿著的薄衣，可以從後面把頭臉蒙起。

第七一段

聽到一個人的名字，心中就在想像其相貌，待見面之後，才發現與之前的想像完全不同。聽到過去的掌故，則容易聯想到今日的某戶人家，且也將今日之人物，與昔日之人物相比較。這些都是人之常情，不獨我如此。

◆

又有時候，眼前的所聞所見，讓自己覺得過去某個時候也同樣經歷過，雖然記不起確切時間，但肯定確有其事。這種感覺，恐怕也不是我才有的吧？

◆

第七二段

沒品味的事有：坐席四周常用之物多、硯上筆多、佛堂內佛像多、庭院草木山石多、家中子孫多、與人見面話多、祈願文[132]中自述的善行多。

雖多而百看不厭的物什有：文車上的書卷、塵塚上的積塵。

第七三段

世上的傳聞，多為不實之詞，因事實往往無趣，故口口相傳時，不免言過其實。況時過境遷後，更是信口開河，以至於信筆寫來都是「信史」。

名手之技，由門外漢説來，都神妙無比，然而精通此道的人卻不輕信其溢美之詞。凡耳聞之事，目睹之後，無不相差甚遠。

太過離譜的話，即刻就知道是謊言。也有本不信

---

132 祈願文：向神佛乞求來世的安樂或者死者的冥福之文。

其事，而為之推波助瀾的人，但這謊言，倒非肇始於他本人。振振有詞之謊言，聽來極為逼真，其間有含糊破綻處，說者也能巧舌回護，自圓其說。這種謊言，最為可畏。凡於一己之聲譽有利之謊言，人皆樂於任其傳佈，不置一詞。為眾人喜聞的謊言，若只你一人聲明事實並非如此，也無可奈何。若聽後默然不語，則又成為謊言之證人，而使謊言更近於事實。133

總之，世間的謊言紛紜不絕，若能等閒視之，則終歸不為所惑。淺俗之人好說聳人聽聞之事，唯士君子不談怪異之事。

然而神佛顯靈之事、轉世菩薩之傳記，也不可全

133 《論語・述而》：「子不語怪力亂神。」

然不信。在這類事上，世俗之荒誕說法固然不值一哂，一概否認其不曾有過，也不妥當。只需心正且誠，不盲信其有，不妄譏其無，就好了。

◈

第七四段

世人如聚居的螞蟻[134]，或奔走於南北，或忙碌於東西，有貴有賤，有老有幼，有去處，有家回，起早貪黑，蠅營狗苟，到底為何事而勞役如此？實在是對於利祿有貪得無厭之心。

養生延壽，等來的仍只是垂老而死。老死之期，說話之間就到了，其間不過等死而已，有何快樂可言？不悟者，尚不畏懼，猶沉酣於追名逐利，不料死

---

134 典出文選，馬融《長笛賦》：「蜂聚蟻同。」

期已近。而愚昧之人憂老怕死，妄想長生，是不懂得生死相替的自然之理。

❖

第七五段

我不知道人為何要為無聊所苦。不要用心於外物，最好的辦法，是一個人獨處。

一旦把心放在世俗，就免不了被它迷惑，失去自主。比如和別人交談，總想博得別人的好感，就做不到言為心聲了。又不免有和人嬉鬧的時候，有和人爭執的時候，以至於喜怒不定，妄念叢生，得失之心就再難放下。如此執迷於塵世，陶醉其中，且又好發癡心妄想，全不悟我佛真諦。

就算無法徹悟佛理，只要能了斷俗緣，讓此身清靜；澄清俗務，讓此心安寧，也還可以暫得此生之樂。生活、人事、技藝、學問諸般，都得放下，《摩訶止觀》如是說。

第七六段

世間權門，聲勢顯赫，遇有喜事、喪事，則眾人皆趨之若鶩。但以佛門高僧之身份，也隨俗流而登門求見，甚不可取。

或者事出有因，但出家之人，實宜遠離眾人。

第七七段

有世上盛傳的事，非當事之人，卻知之甚詳，一邊與人說，一邊向人打聽，好不奇怪。偏遠地區的和尚們尤其有此嗜好，盡皆熱衷於打聽俗事，好像是自

---

135 《摩訶止觀》：佛教天臺宗的基本理論著作之一，中國隋初高僧天臺大師智顗（538—597）講述，弟子灌頂筆錄。原名《圓頓止觀》，與《法華玄義》、《法華文句》稱為天臺三大部。唐天寶年間，由鑒真傳入日本。

己的事一樣，然後滔滔不絕地說與他人聽，真不知他為何知道得如此詳盡！

◈

第七八段

對俗世盛傳的奇聞異事津津樂道，實在是無聊。也有一種人，當事情已流傳很久了，他還懵然不知，是為清雅之人也。彼此熟稔的人之間經常談論的話題、物事，只消片言隻語，便能相互會意。

初來乍到者，則不知他們所談論之事，遂有身在局外之窘。此種情況，未免於人情世故有所不合，而品流低下的人必犯此病。

◈

第七九段

任何事情上，都表現出自己並不知道多少的樣子，是令人讚賞的姿態。有修養的人雖然心裡知道，表面上，也是一副謙然不明瞭的樣子。反而遠鄉僻壤來的人，在談吐之間，似乎無事不曉，令聽者一臉愧色，他則一臉得意，頗可鄙也。

明於事理的人，必然慎於言辭，人不問，則己不答，可謂善也。

第八〇段

人總是不務其本。出家人好習武，武士則不習弓箭而好談佛法、作連歌[136]、弄管弦。這比其本業不精還招人嘲諷。

不獨出家人如此，上達部[137]、殿上人[138]等諸貴人

---

136 連歌：日本詩歌的一種文字遊戲，講究句子之間的巧妙銜接，是兩個人以上共同創作的一種詩的體裁。兩個人參加的叫「兩吟」，三個人參加的叫「三吟」。

137 上達部：位階在三位以上、官職參議以上官員的總稱。

138 殿上人：位階在五位以上，有資格登上清涼殿的官員總稱。

也習武成風。百戰百勝[139]的人，不一定就是驍勇善戰者。隨大軍乘勢卻敵，誰都可以號稱勇武。只有在刀劍絕、弓矢盡[140]的情況下，還能毅然不降而從容赴難的人，才當得起勇士之稱。平生不應有好武尚勇的嗜好，武藝是遠人倫、近禽獸的東西，如果不是自己的本業，則它就是有害無益的愛好。

❖

第八一段

屏風、障子[141]上的書畫，如果手筆拙劣，不僅看著面目可憎，還顯出此家主人的粗俗。

因為從日常用具上，是可以推斷主人的情趣。但我的意思，也不是說家中之物都必須精美絕倫。有的

---

139 百戰百勝：語出《孫子》：「百戰百勝，非善之善者也。」

140 文選《李陵答蘇武書》：「兵盡矢窮，人無尺鐵，猶復徒首奮呼，爭為先登。」

141 障子：小方塊木格架，用來分隔房間。

人只求堅實耐用，傢俱器物就都粗笨不雅。有的人為誇耀家中的珍寶，就為它添加多餘的裝飾，這種做作的繁瑣，尤其不可取。家中的物品，古樸穩重，花費不大，但格調清雅，就可以了。

❖

第八二段

有人說：「書籍墨寶用薄絹裝裱，容易損壞，真是沒有辦法。」頓阿[142]聽了說：「薄絹裝裱的東西，兩端有所破損，或其螺鈿卷軸上的貝殼有所脫落，都是可喜的事。」真是過人的見識。

又有人說，一部草子[143]中的各冊裝幀不統一，看著令人極不舒服。弘融僧[144]都卻說：「把什麼都弄得整齊劃一，是無聊人才會做的事。就要參差殘缺才

---

142 頓阿：著名歌人，與本書作者並列為南北朝時期和歌四天王，其他二人為慶運、淨弁。

143 草子：又稱草紙，日本文學的一種體裁。其含義有兩種說法，一說指用假名（日本字母）寫成的物語、日記、隨筆等散文，以區別於用漢字寫的文學作品。另一說是指日本中世和近世文學中的一種群眾讀物，一種帶插圖的小說，多為短篇。

144 仁和寺心蓮院之僧，作者的知己好友。

好。」這話也品之有味。把什麼都弄得整齊如一，確實令人難以忍受。

沒有完成的東西，保持其沒有完成的樣子，不僅別具趣味，還有意猶未盡之妙。又有人說：「建造皇宮時必定會留下若干未曾完成的地方。」先賢所著的內外典籍[145]中，也有不少殘章斷文。

第八三段

竹林院入道[146]左大臣[147]擢升為太政大臣[148]，本是順理成章之事，但他說：「太政大臣又何足貴，做到左大臣就夠了。」於是出家為僧了。洞院左大臣深受此事觸動，也放棄了做太政大臣的念頭。

---

145 內外典籍：佛教稱佛經為內典，儒家著作為外典。

146 入道：皈依佛教的人。

147 左大臣：官階正二位，平安時代太政大臣以下的最高級官員，是政務實權總攬的高官。

148 太政大臣：日本律令制度下最高官位。定員一人，正一位或從一位。位居三公之首，輔佐天皇，總理國政。自從關白出現後，太政大臣的政治權力遭到架空，成為一個「榮銜」。戰國時代，豐臣秀吉、德川家康曾出任此職，而織田信長在死後也被追贈此職。

古語云：「亢龍有悔[149]」，月虧於滿時，物衰於盛時，凡事到達極盛時，也就開始敗亡了[150]。

第八四段

法顯三藏[151]西遊天竺時，見到故土的絹扇，不禁悲傷起來，臥病在床，要吃漢家的飯菜。有聽了這段佚聞的人說：「這法師也太多愁善感了吧，讓異邦之人見笑了。」弘融僧都說：「如此三藏，才是可親的真性情啊！」

---

149 《周易．乾卦》：「上九，亢龍有悔。」

150 典出《老子》：「功成名遂身退，天之道。」何上公注，譬如日中則移，月滿則虧，物盛則衰，樂極則哀生。

151 法顯三藏：中國東晉時的高僧，原姓龔，平陽郡（今山西臨汾市）人，約生於東晉成帝咸康二年（336年），卒於南朝宋永初三年（422年）。是有據可查的第一位留學天竺的中國僧人。三藏即經藏、律藏、論藏三者的合稱，佛家高僧精通經、律、論三者的就被稱為三藏法師。

第八五段

人心不能純善無偽，但也並非無正直之人。見賢而思齊[152]，是人之常情，只有愚頑的人遇見賢者會心生憎恨，還出言詆毀說：「他是為貪圖大利，才假意不計較小利，欺世盜名而已。」此種議論，是以小人之心度君子之腹，也可見下愚之人，頑性難改[153]。這樣的人，就算讓他假意捨棄小利，他也做不到。所以愚人愚性，是萬不可學的。學狂人奔走於大道，就是狂人；學惡人謀害人性命，就是惡人；學驥就是驥種[154]，學舜就是舜徒[155]。所以哪怕是虛偽的人，而能夠效仿賢人，他也可以稱為賢人。

152 《論語．里仁》子曰：「見賢思齊，見不賢而內自省也。」

153 《論語．陽貨》子曰：「性相近，習相遠也。子曰，唯上知與下愚不移。」

154 驥：日行千里的名馬。典出揚子法言學行。

155 典出《孟子．盡心上》。

第八六段

惟繼中納言[156]富有風月之才，一生精勤，誦讀佛經不絕。文保年間，也即他與寺法師圓伊僧正同住期間，三井寺毀於火災，他就對僧正說：「一向稱您為寺法師[157]，現在寺沒有了，就只好稱您為法師了。」

此語真是警妙。

❖

第八七段

賜酒與下人飲，要慎重。

有位家住宇治[158]一帶的男子，與其妻弟——一位名叫具覺坊的風雅遁世僧過從頗密。某日他備馬去接

---

156 惟繼中納言（約1265—1343）：即平惟繼，為平氏葛原親王的後裔，曾任權中納言，富有詩才，晚年出家。

157 寺法師：指天臺宗三井寺之僧，與之相對，比叡山延曆寺之僧則稱為「山法師」。

158 宇治：指京都南郊宇治川兩岸之地，木幡、宇治大路、梔原都是這一帶的地名。

具覺坊，具覺坊說：「煩勞遠道而來，請傳牽馬夫，以薄酒相慰。」於是張酒設具，款待馬夫。牽馬夫拜謝之後，連飲了好多杯。這牽馬夫身佩大刀，看起來很勇猛，具覺坊就叫他與自己同行。來到木幡一帶，在路上遭遇奈良法師所率的寺兵，牽馬夫就上前喝叱道：「天色這麼晚，還到山中來，值得懷疑，都站住！」說罷把刀拔了出來，而衆兵士也張弓亮劍與之對峙。

具覺坊見勢急得搓手，忙不迭地道歉說：「這賤奴已經喝醉，不知所云，還請寬宥！」衆兵士才訕笑而去。

不料牽馬夫卻轉身面對具覺坊，憤怒地說：「你這法師真氣煞人也，俺沒有醉，俺本想殺了賊子立個功名，現下卻白拔了這刀！」遂揮刀一陣亂砍。具覺坊受驚墜馬，口中高呼著：「山賊、山賊！」四周鄉民聞聲而至，牽馬夫又向衆人大呼：「俺就是山賊！」衝上去一陣砍殺，傷了許多人，但最後還是被衆人制住，用繩索捆了起來。具覺坊的坐騎血跡斑斑地回到宇治大路的家中，家人見了大驚失色，急忙趕去營救，卻在梔原見到具覺坊正趴在地上呻吟，就把他抬了回來。具覺坊雖保住一命，但腰部受傷，造成終生殘疾。

第八八段

有自稱收藏有小野道風[159]所書《和漢朗詠集》者，人問他：「不知足下這寶物出處如何，但由道風手書四條大納言[160]的著述，於時代不合，恐怕其真偽值得懷疑。」然而這人竟回答說：「正因如此，才尤其值得珍藏呢！」便愈加地寶貝的收藏了起來。

159 小野道風（894—966）：日本古代著名書法家。《和漢朗詠集》：詩歌集，由藤原公任所編。

160 四條大納言：即藤原公任（966—1041），曾任權大納言。小野道風去世的時間正是藤原公任出生的時間，此為時代不合之處也。

第八九段

有人傳聞說：「深山裡有怪獸名叫貓股，要吃人的。」還有人說：「我們這裡雖不是山區，但貓兒修練成精後也會化為貓股，還有吃人的事發生呢。」

有位住在行願寺附近，叫什麼阿彌陀佛的法師，喜好作連歌，在聽了這些傳聞後，即告誡自己獨行時要倍加小心。正好有一次到別處去作連歌，深夜才回家，來到小河邊時，看見傳聞中的貓股向自己跑來，似乎要跳起直咬喉嚨。法師頓時雙腿發軟，站立不住，跌倒在河中，口中狂呼著：「貓股！救命！哎喲、哎喲……」附近的人家聽到喊聲，舉著火把趕來，認得是住在附近的僧人，都問：「出了什麼事？」同時將其從河中抱出，他懷中作連歌所得的彩頭如扇子、小盒之類，都在水中浸濕了。不過總算保住了一命，戰戰兢兢地爬回了家。

後來才知，他看到的貓股，其實是自己養的狗，在黑暗中也認出了主人，所以飛撲了過來。

◈

第九〇段

大納言法印有一童僕，名叫乙鶴丸，常與某貴人相往來。有天，乙鶴丸從那貴人處回來，法印問：「到哪裡去了？」童僕答：「去某貴人家了。」「他是俗家人還是出家人？」

童僕兩袖攏在胸前期期艾艾地說：「不……不太清楚，沒見到他的頭頂。」161

◈

161 此處微妙暗示了男色關係。日本自古以來男色文化興盛，尤以稚子受人歡迎。

第九一段

關於赤舌日[162]的諸種說法，陰陽道[163]未曾提及。古人對此並不忌諱，近來有人說起，才講究起來。民間的說法是：此日百事不順。做事都不能圓滿，到手之物也會失去，有什麼計劃都要落空。如此等等都是愚昧無知的迷信。在吉日裡辦的事，其順利的和不順的，數量其實大致相同。

原因在於，世間本是變化無常的所在，各種可能都存在。人一旦開始做某事，就對結果滿心期待；但人心是變幻不定的，事物的結果也因而不能確定，隨時都在隨人心而變化。這個道理，常人都不明白。古人云：「吉日為惡必凶，惡日行善必吉，吉凶皆由人

---

162 赤舌日：陰陽五行中的大凶之日。

163 陰陽道：指陰陽師、堪輿家、風水先生。

定，而非由日期定。」

第九二段

有人初學射箭，就一次取了兩支箭瞄準箭靶。師父說：「初學者不要一次拿兩支箭。想到後面還有一箭的機會，對於第一箭，就不會全心全意。射箭時心中不能患得患失，要專注於這一箭，而且要志在必得。」在師父面前，就算有兩箭，也不能輕忽。這中間的懈怠之心，自己可能並未意識到，但師父卻能洞察。同樣的道理，可以用在其他事情上。

學道之人，晚上惦記著明早的功課，早上又惦記著晚上的功課，看起來是日催一日，勤奮精進，但其間有剎那的懈怠之心，自己恐怕是沒有察覺的吧？為何只專注於當前的一念一事，就那麼難呢？

第九三段

有人在閒聊中說：「有個賣牛的人，與買牛的人說好明日付錢後就把牛牽走，不料當晚牛就死了。這樣的事，對買者有利，對賣者則是損失。」

旁邊有人聽了說：「牛主人確實有損失，但未必沒有大利。具體說來，生者是料想不到死期逼近的，牛如此，人也如此。牛的死，是意料之外的事；牛主人的生死，恐怕一樣難料，但與牛相比，已多得一日之生。一日的生命，值過萬金，一頭牛的價錢與之相比，簡直輕如鴻毛。所以損失一錢而得到萬金，談不上什麼損失吧？」眾人聽了都嘲笑他說：「這道理怕不適用於牛主人吧！」

那人又說：「怕死的話，就該愛惜生命，故理當日日享受生之愉悦。但愚鴑之人忘了生命本身的愉悦，不辭勞苦地追逐身外之樂；忘了生命本身即是財寶，而不顧生死地貪求身外之財，從不滿足。既不知生的樂趣，又害怕死的到來，這兩種情況是不會並存的。人活得不快樂，是因為不怕死；人不是不怕死，而是忘記了死就是眼前的事。只有超越了死生，才算得參透真諦。」聽完這段言論，眾人更加嘲笑他了。

第九四段

常磐井相國[164]在上朝途中，遇到手捧敕書的北面武士[165]。武士下馬行禮，相國入朝後提到此事時說：「有個北面武士手持敕書出宮，遇到我時下馬行禮，這樣的人，怎麼能侍奉在君王左右呢？」於是解除了武士的職務。

---

164 常磐井相國：指太政大臣西園寺實，這裡用中國古代官名「相國」稱呼他。

165 北面武士：白河天皇為了奪取攝關家的權柄，擺脫藤原氏勢力的控制，扶植新興勢力武士集團，他把招募來的武士安置在宮殿北面居住，故稱「北面武士」。

手捧敕書時，不宜下馬，應雙手高舉敕書使對方看見。

第九五段

有人向精於舊制的人諮詢：「在箱子上穿孔結紐，哪一側更合適呢？」答曰：「有兩種說法，一說在左側，一說在右側。兩者皆可。裝書信的箱子，多在右側，裝雜物的箱子多在左側。」

第九六段

有種名叫豨薟草的植物，人被蝮蛇咬傷後，將其搗碎敷在傷口上即可痊癒。此偏方宜記住。

第九七段

寄生於他物而最終毀壞他物的東西，有無數種。比如身上有蝨子、家裡有老鼠、國有賊、小人有財、君子有仁義[166]、出家人有戒律佛法。

第九八段

曾讀過一本記載高僧言論的書，名字似乎叫《一言芳談》，其中有些話我頗有同感，所以還記得：

一、做還是不做某事，猶豫不決的時候，最好暫時不做。

二、要想往生的話，就連米糠醬料瓶都是多

---

166 《莊子・駢拇》：「天下盡殉也：彼其所殉仁義也，則俗謂之君子；其所殉貨財也，則俗謂之小人。」

餘的；在隨身的佛經、佛像上講究精美，真是毫無意義。

三、出家人身無一物，也快然自足，這才是最好的處世態度。

四、上臘[167]應能下臘，智者應能愚人，富人應能窮人，能幹者應能無能。

五、從事佛道不是別的，就是用有閒的一生來不記得世上的事。這是第一要義。此外還有若干條，不記得了。

第九九段

堀川相國是個生性快活的美男子，事事都講求奢華。他的兒子基俊卿任大理[168]時，相國在他官廳裡看

---

167 臘：古時的年終大祭祀，佛教徒用來指僧侶修行的年數。每年夏天的四月中旬到七月中旬閉門坐禪，每一次即稱一臘。僧侶的地位高低以臘數多少來定，分為上臘、下臘。

168 大理：日本官名，借用自中國，處理刑法相關之事。

到一個破舊的唐櫃[169]，就叫基俊卿重新製作一個更精美的。熟知典故的官員們知道後立即對相國說：「此唐櫃是從上古傳下來的，年代已不可考，有數百年了吧。歷代的公物，雖然有破舊的，但保存下來，可以作為後世的模範樣本，不能夠輕率改易。」此事才作罷。

❖

第一〇〇段

久我相國在殿上想喝水，主殿司[170]用陶器盛來奉上，相國說：「請換木器！」遂換為木碗。

❖

169 唐櫃：從中國帶至日本的一種文書櫃。

170 主殿司：為後宮十二司之一，專司宮中薪炭火燭諸事。

第一〇一段

某人將在大臣親任式上被任命為內弁[171]，但沒有拿上內記[172]草就的宣命就上了殿，這是大不敬的行為，但當時也不可能退回再去取來。正在惶恐失措之際，有位外記[173]官康綱與宮中的被衣女官商量，由她去取宣命，然後悄悄拿來給他。這真是善舉啊。

❖

第一〇二段

尹大納言忠光擔任入道追儺儀式的主持官員時，曾向洞院右大臣閣下請示儀式的程序，右大臣說：「這需要請教一位名叫又五郎的男子。除此之外別無良策。」又五郎是名年老的衛士，諳熟朝廷的禮儀。

---

171 內弁：舉行親任式時在承明門內備辦事務的上卿，承明門外的則稱為外弁。

172 內記：負責起草詔書敕令的官員，隸屬中務省。

173 外記：平安時代所創，負責糾正、修改內記撰寫的詔書，同時又負責起草太政官的奏文。

當年近衛大人在御前入座時忘了帶膝墊，就召來外記官，交代他回去取來。當時又五郎正好當值掌燈，在一旁喃喃自語道：「膝墊是要先放好的嘛。」這話說得有味道。

第一〇三段

近侍們在大覺寺殿製作謎語玩耍，醫師忠守正好上殿來，侍從大納言公明卿就現場出了條謎語：「看著不像我朝人的忠守。」有人答出的謎底是「唐瓶子」[174]，眾人大笑，忠守則憤然離去。

---

174 忠守：其祖上為中國人，是阿智王的後裔。阿智王乃東漢靈帝的曾孫，為逃避本國戰亂而東渡歸化日本，世居丹波，以醫術著稱。忠守的名字與「瓶子」發音有引人聯想之處，而「唐」字更暗含舶來品之意。

第一〇四段

有個女子，幽居在荒僻無人的地方，也不知是在逃避什麼。某傍晚時分，月色朦朧之際，一名男子悄然來訪，惹得犬兒汪汪地叫起來，侍女出門探視，問：「是何方的貴客呢？」於是把他領入院中。見到一派淒涼景象，他不由心中黯然，尋思道：「此地豈宜佳人久居？」隨後在屋前粗陋的木板上等候了片刻，聽得裡面一個恬靜稚細的聲音傳來：「請進吧！」才拉開已經不靈活順暢的拉門進入。

室內的情形，卻不似外面那麼荒涼，別有一番幽雅景致。爐火搖曳，微光影綽，四壁之物皆因之熠熠生輝；暗盈的薰香，不是為來客新燃起的，聞著倍覺親切。

又聽女主人說：「煩請將門扉關好，怕是要下雨了。車可停於門下，諸隨從的住宿也請妥善安排。」隨從皆嗡嗡竊語道：「今晚可以好好睡一覺了！」雖然聲細如蠅，但簷低屋小，室中也能隱約聽到。

於是相對絮語，把近況一一說與她聽。不知不覺間，就聽到了第一聲雞鳴，但意興仍然濃厚，繼續傾心交談，於過去、未來莫不暢所欲言。不久，又聽到雄雞高鳴，想必天亮了吧？

不過此地是僻靜之所，不必如別處需趁暗夜匆匆離去。所以等亮光已從門隙間透入時，才從容起身辭別。

出門時已是四月初夏的曙色，樹梢與庭草都深翠欲滴，景色絕美。登車之後，一夜的深情相晤，還縈迴於心，戀戀不捨中，回望門前之大桂樹，一直到車兒越行越遠，再看不到為止。

第一〇五段

冬日之晨，屋之北面背陰處，不融之雪已凝結為冰，晨月猶朗朗生輝，照得車轅上的白霜閃閃發亮。照不到日照之處，更覺森寒。此時御殿的長廊，悄然無人，只有一個氣質高貴之男子，與一女子坐在廊柱間的橫木上，似乎在娓娓而談某件事情，尚了無盡時。觀其髮飾與容貌，女子也是身份非凡之人。不時有異香襲來，平添了幾分興味，而男女談話的姿態與斷斷續續飄來的話語，極為優雅，令人心馳。

❖

第一〇六段

高野山的證空上人有次騎馬進京，與一騎馬女子在狹路上相逢。女子的馬夫此時避讓不慎，便將上人的坐騎擠入路旁壕溝中。上人大光其火，責罵說：「真是亂彈琴！汝可知四部弟子[175]，比丘尼低於比丘，優婆塞低於比丘尼，優婆夷低於優婆塞，今汝以優婆夷之身份，竟將比丘蹴入溝中，真是見所未見之惡行！」

牽馬夫說：「說些啥呢，俺不明白！」上人怒火更盛，罵道：「哪來的不修道、沒教養的下人！」罵完即省悟自己出言不遜，牽了馬轉身就向來處逃去。

這真是場莊重的爭吵。

◆

第一〇七段

極少有男子能及時而得體地回答女子的發問。龜山院[176]在位時，有好戲謔的宮女問上朝來的青年官員：「聽過杜鵑的叫聲嗎？」一位大納言回答說：「以區區之孤陋，哪曾聽過。」而堀川內大臣則回答說：「在岩倉似乎聽到過。」

---

175 四部弟子：佛門弟子分四部——比丘、比丘尼、優婆塞、優婆夷；比丘指和尚，比丘尼指尼姑，優婆塞指在家學佛的男性佛教徒，即信男，優婆夷指在家學佛的女性佛教徒，即信女。

176 龜山院：龜山天皇讓位後的稱呼。

於是諸宮女評點道：「這樣回答還不錯。所謂『區區之孤陋』，就有點過了。」

男子應該有不被女子嘲諷的修養。有人說：「淨土寺前關白大人[177]自小受安喜門院[178]的教育，所以善於辭令。」山階左大臣大人則說：「讓這些小婦人看著評頭論足，真是覺得可恥，心中還總是惴惴不安。」

如果世上沒有女子，則衣著打扮都一律不用講究，恐怕也就沒有衣冠楚楚的人了吧。

我就試想這些能讓男子心中不安的女子，究竟是

---

177 淨土寺前關白大人：一般認為是指九條師教，他號淨土寺，曾任攝政、關白。

178 安喜門院：指後堀河天皇的皇后，名為藤原有子（1207—1286）。門院為女院，指的是日本歷史上宣賜給三后——太皇太后、皇太后、皇后或者地位相等的女性的稱號。此封號制度始於平安時代，止於明治維新。

何等神奇之物。

其實女子的本性，都偏執乖戾，執迷於人我之相[179]，內心貪熾而不明道理，沉溺於迷惑之途，巧於辭令。尋常事問她，她不說，一副穩重的樣子，而漫無依憑的傳聞，她卻愛主動談論。在巧費心機掩飾自己方面，女子的智慧似乎比男子為高，然而她隨即就會暴露她的本性。

所以女子都是愚蠢頑固的人，若還要順從她，討她的歡心，豈不是愚蠢到家了？如此說來，在女子面前，還有什麼事值得你惴惴不安呢？若是所謂的賢淑之女，則既不可親，也讓人生厭。只有色迷心竅時，才會覺得女人優雅可愛。

179　人我之相：佛教用語，把我和別人分得很清楚，往往重己而輕人。

第一〇八段

世人都不愛惜寸陰。這是因為參透了生死之理，還是因為愚昧無知的緣故呢？這裡要向愚昧懶惰者進言：「一文錢雖然微薄，但日積月累可以使窮人變得富有。所以商人對每一文錢都備極珍惜。一剎那雖然短暫，但日積月累地浪費它，也無疑使生命加速消失。所以修道之人不會去惋惜已逝的光陰，而只珍惜當前的一刻，不讓它虛度。」

如果有人來告訴我，我的生命明日即要結束，則在僅剩的今日裡，我將做什麼，在意什麼呢？實在說來，我等此刻的今日，與那個僅存的今日，是沒有區別的。一日之中，飲食、方便、睡眠、說話、行走諸事，浪費了許多時間，如再用餘下不多的時間，來做無用之功、講無用之話、想無用之事，如此消磨時日，日積月累地枉送一生，真是愚蠢之至。

謝靈運雖然筆受[180]了《法華經》，但其心思，常在人世的山水風雲間，故慧遠[181]不與他結白蓮之交[182]。不懂得珍惜片刻之時的人，與死人無異。如何才能珍惜光陰呢？在內不為雜念所擾，在外不被俗事纏身，止於其當止之處，而修其必修之道。

❖

第一〇九段

一位爬樹的名手叫某人到樹的高處去砍伐樹枝，當爬樹的人爬到很高的地方時，他在下面一言不發，當爬樹的人落到差不多屋簷高的地方時，他才說：「小心點，別掉下來了。」我好奇地問他：「已到此處，一躍而下都無妨，為何還提醒他呢？」他回答

---

180 筆受：將口授的譯文記錄下來並進行潤色。

181 慧遠：東晉高僧，淨土宗之祖。

182 白蓮之交：慧遠為東晉高僧，住廬山東林寺，因該寺池中多白蓮，故召集徒眾成立白蓮社，同修佛法。但不許謝靈運入社。

說：「恰好要在此處提醒呢。人到了高處，會感覺頭暈目眩，看著又高又細的樹條，自己都會警惕起來，所以不需要提醒。但失誤通常會出現在感覺輕鬆的地方，所以必須提醒他。」

雖然是身份低下的人，說出的道理，卻頗合乎聖人的訓誡[183]。蹴鞠也是同樣的道理，仔細做好高難度的動作，如果掉以輕心，球則必然掉在地上。

第一一〇段

有某位雙六[184]的名手，人家向他請教獲勝之法，他說：「走子不求勝而求不敗。先想到某種下法最易輸掉，然後放棄這個下法。每下一著，都要從緩敗的

---

183 《易經繫辭》：「是故君子安而不忘危。」

184 雙六：亦稱雙陸，一種博弈的遊戲，木盤雙方各12格，下法類似於今天的跳棋，最早由中國傳入日本。

角度考慮。」這是悟了道的說法。修身、衛國也是同樣的道理。

◈

第一一一段

有高僧說：「用圍棋、雙六來消磨時日的人，罪過比四重五逆[185]還大。」此語常在我耳際，真至理名言也。

◈

第一一二段

有需要在從容沉著的心境中才能完成的事，恐怕難以託付給說自己「明白將遠行」的人。

---

185 四重五逆：四重指佛教的四大禁戒——殺生、偷盜、邪淫、妄語；五逆指佛教的「五逆罪」——殺父、殺母、殺阿羅漢、破和合之僧（離間僧人）、出佛身血。

人在危急或者悲痛之時，對別的事概不關心，也沒空去留意他人的憂喜，但別人也不會因此而埋怨他。同樣，年事已高的人、疾病纏身的人，莫不如此，更不必說遁世出家之人。

要了斷俗世的往來，並非難事。如果免不了俗，自然應酬不絕，欲念不斷，身心為之勞苦，無一日的閒暇，把一生荒廢在繁瑣小事上，空無所獲。

日暮途遠，生涯蹉跎，放下諸緣，正在此時，不用守什麼信、遵什麼禮。不明白這個道理的人，總會把這看作狂人所為，說是無義與無情。然而毀謗與讚譽，都沒有什麼意義，置之不理就是了。

❖

第一一三段

年過四十仍然暗中好色，其實是不得已的事，但隨意談論自己或他人的男女韻事，就實在不雅了。

概而言之，聽起來和說起來都不太雅的事有：老年人與青年人在一起，只為助助興而口無遮攔；卑賤之人聊起上流人物時，好像跟自己關係很親密似的；窮人家喜歡設宴請客，擺闊氣。

第一一四段

今出川大臣赴嵯峨途中，在過有棲川渡口時，遇到賽王丸[186]趕著牛疾馳而過，牛蹄踏水濺到了大臣車前的橫板上。在車後侍乘的為則大聲喝斥道：「你這牛童真是豈有此理，此地趕牛哪能這麼快？」大臣聽後心中不快，說：「你的駕車之術未必勝過賽王丸，

---

186 這個有名的賽王丸是侍奉太秦殿的專用牛童。太秦殿的侍女之名，均與牛有關，如：膝幸、牸槌、飽腹、乙牛。

你才豈有此理！」說罷按住為則的頭往車上撞。

❖

第一一五段

有一名為宿河原的地方，聚集了許多自號「暮露」的野僧。有次，在眾僧九品念佛[187]時，從外面來了一個僧人，問眾僧道：「請問各位法師中有名叫色押的嗎？」

其中有人答道：「我即是色押，發問的是誰？」

「在下名白梵字，家師某某，在東國被名為色押的暮露所殺，在下立志，若遇到此人，必報此仇，故有此問。」

色押說：「來得好！確有此事，但此處相會，恐玷污了道場清靜，不如到前面河邊去。請各位務必不

---

187 九品念佛：暮露宗派模擬極樂世界中的九品往生階級，而用九種不同的調子念佛。

要跟來，出手幫助任何一方，打擾的人多了，會耽誤佛事的。」

說罷二人便一起來到河邊，奮力對刺，雙雙殞命。

所謂暮露，舊時不曾有過，大約是從近代梵論字、梵字、漢字等演變而來的吧？彼等看似捨棄了現世，但我執之念還極深重；看似皈依了佛門，但常有爭鬥之事；看似放浪無恥，卻重義輕死，在剛毅果敢這一點上，還是值得稱讚的。

這是我從他人處聽來的事，照錄在此。

第一一六段

舊時為寺院及諸種物品取名字，不會穿鑿附會，只根據其本來面貌平實地叫來。近人在取名一事上，往往用力太過，想以區區一個名字來炫耀才華，極其可厭。

在人名中用生僻的字，也無聊得很。只有才學粗淺的人才喜歡標新立異、嘩衆取寵。

❖

第一一七段

不宜結交為友的人有：

一、地位尊貴的人；二、年紀太輕的人；三、健壯無病的人；四、嗜酒的人；五、勇武暴躁的人；六、愛說謊的人；七、貪欲太盛的人。

可結為良友的人有：

一、樂善好施的人；二、醫師；三、有慧根靈性的人。

❖

第一一八段

有人說吃鯉魚羹的時候，不要蓬頭亂髮。鯉魚能產生黏液，會黏合物體。

只有鯉魚才能在御前剖殺，故被稱為尊貴之魚。鳥之中，獨尊野雉。野雉與松茸菇是可以懸掛在御湯殿[188]的。有一次，中宮皇后的御湯殿黑棚[189]上，有人放了大雁在上面，北山入道[190]去時見到了，回去後，就寫來一封信，信上說：「這東西從來不曾在御棚上見過，實在不雅觀，難道旁邊就沒有深明事理的人嗎？」

188 御湯殿：日本宮廷中設立在廚房一側，為宮中泡茶、沐浴準備開水的側殿。

189 黑棚：放日常品的架子，常塗成黑色。

190 北山入道：指太政大臣西園寺實兼，西園寺家的宅邸緊鄰京都的北山。

第一一九段

鎌倉[191]的海裡有一種名為鰹的魚，當地人視為美味，近來京中也頗為流行。鎌倉有位老人說：「直到我少年時，這魚也沒在上等人的宴席上見過，它的魚頭連僕從都不吃，要割了扔掉。」

如今這末世，這樣的魚也能擺上上等人的宴席了。

❖

第一二〇段

大唐的貨物，除藥材外，其餘沒有也無妨。書籍一類已經廣為流布，沒有的，也可以轉抄下來。到大

191 鎌倉：位於神奈川縣，是十二世紀末武將源賴朝創建幕府並開始武士政權的地方，世稱鎌倉幕府（1192—1333），是日本幕府政權的開始。如今已然成為旅遊勝地。

唐的航程很艱難，如果盡把些無用之物運回我國，是極愚蠢的事。《尚書》[192]云：「不寶遠物。」《老子》[193]云：「不貴難得之貨。」

❖

第一二一段

人常飼養的家畜是馬與牛，套上枷鎖車轅後，終日奴役，實在可嘆。然而馬與牛又是日常不可或缺的東西，莫可奈何也。狗能夠守夜防盜，比人還能幹，也是不可或缺的，故每家都養，但不必收養更多。其餘各種鳥獸就沒有什麼實際用途了。

把走獸帶回家中，鎖上鐵鍊；把飛鳥剪掉羽毛，放進鳥籠，讓它們那思戀雲霄、懷想山野的愁苦永無

---

192 《尚書．旅獒》：「不寶遠物，則遠人格。」

193 《老子》：「不貴難得之貨，使人不為盜。」

盡頭，如果換作是人，恐怕也難忍受吧？所以有心之人，怎能以此為樂呢？殘害生靈來娛樂自己的人，其心與桀紂何異。王子猷[194]愛鳥，稱林中嬉戲的鳥兒為逍遙之友。他不會把鳥兒捉回家讓牠痛苦的。《尚書》云：「珍禽奇獸不育於國。」

第一二二段

人的才能，第一要用在知書識禮通達聖人之教上，書上是有明載的。其次是書法。即使不能專攻，也要有所練習，因為它有助於學問。其次是學醫[195]。養身濟人，奉伺君親，非醫不能辦到。其次是射術與御術，見於《周禮》所載之「六藝」，要能略窺門徑。文、武、醫三者，為必修之道，用心於此，並非

---

194 王子猷：王羲之之子，喜歡竹子，曾說：「何可一日無此君！」。和漢朗詠集・竹・張孝標：「阮籍嘯場人步月，子猶看處鳥栖煙。」

195 《小學・外篇》：「病臥於床，委之庸醫，比之不慈不孝，事親者，亦不可不知醫。」。

虛度光陰。其次，則食為人之天[196]，善於調味，可謂大德。其次是手工技藝，可備不時之需。

另外還有多種才藝[197]，但都為士君子所不齒。擅作詩歌，精通樂器[198]，是幽玄之道，君臣都很看重，但在今天，如果將其當作治理天下的工具，就近於迂闊了。這好比黃金雖然貴重，但總是比不上鐵的用處多。

◈

第一二三段

用無用之事來消磨時日的人，可謂愚人，也可謂不正當行事的人。為國、為君，必須做的事很多，哪有片刻的閒暇來消磨？人不得已而要為自己操心的

---

196 《帝範・務農》：「夫食為人天，農為政本。」

197 《論語・子罕》：「吾少也賤，故多鄙事。君子多乎哉，不多也。」

198 向秀《文選・思舊賦》：「嵇博綜技藝，於絲竹特妙。」

事，第一是食物，第二是衣服，第三是居所。活在人世，最大的事就是這三件了。不饑、不寒、不曝於風雨，清靜度日，就是人間樂事。

但人都會生病，因病痛而愁苦，故需要醫治。衣、食、住和醫這四樣，如果缺了，就是貧；如果不缺，就是富；如果四者之外還有所貪求，就是奢。

在這四樣上，如果節制一點，則沒有人會不足。

第一二四段

是法法師在淨土宗的修為，已經無可指摘，但並不以飽學者自居，仍然朝夕念佛不輟，平靜度日，令人欽羨。

第一二五段

在為死者做四十九日法事的最後一日，請了某個僧人來說法。這次說法特別精彩，聽者無不落淚。

這位導師回去後，聽法的衆人都感慨道：「今天的說法比平常動人多了！」其中一位說：「是啊，你看法師長得就像唐狗[199]一樣！」衆人聽了，大為掃興。如此稱讚法師，真是滑稽可笑，實不足取。

那人又閒聊起來：「勸人飲酒，總是自己先飲，再强求別人飲下。這好比用劍砍人，劍的兩面都是刃，如果舉劍砍人，先砍掉自己的頭，再砍別人，怎麼能行？如果自己先醉倒了，怎麼還能勸別人

---

199 唐狗：泛指中國狗，也有人認為此處是特指獅子狗。當時是高貴的舶來品。

飲酒？」

說這話的人不知自己是否用劍砍過人，真是可笑！

❖

第一二六段

某人說：「在賭博中，當對手輸得太慘，準備以全副身家來孤注一擲時，要懂得避讓為先。要知道此時正是他扭轉形勢，進而連戰連捷的時機。懂得把握這個時機的人，才算是懂得賭博的人。」

❖

第一二七段

改也無益的事，可以不改。

第一二八段

雅房大納言才學俱佳，品行高卓，皇上準備升任他為大將軍，但身邊的近臣卻說：「最近看到些見不得人的事。」皇上問：「什麼事呢？」回答說：「我從牆壁的縫隙間，看見雅房卿割下活犬的腳來餵鷹。」皇上聽了心中大為厭惡，對雅房的印象頓時改變，升遷之事也就擱置了。其實犬足飼鷹等等，全屬烏有之事。

遭人誹謗，固然不幸。但君王聽說有這種事，心生憎惡之情，其仁愛之心也甚為感人。

總而言之，以殺戮、折磨動物為樂的人，就如同以自相殘殺為樂的牲畜。上自鳥獸，下至昆蟲，如果細心觀察牠們的行為的話，就看得出牠們也愛護幼子、關懷親人，有夫有妻，會嫉妒、會發火，有七情六欲，也愛惜生命，甚至比人還執迷癡愚。

折磨牠們的身體、奪去牠們的生命，實在令人痛心。

對世間一切衆生不懷慈悲之心者，不能視之為人。

◈

第一二九段

顏回[200]的志向是不將自己的意志强加於人。大體說來，殘虐生靈之事不可為，賤民的意志，也不能剝奪[201]。有人喜歡用謊話來哄騙、恫嚇和戲謔幼童，這些謊話，在成人看來，也許並不覺得有什麼，但對幼童的心靈，則有深刻的影響。他們會感到恐懼、羞恥、悲痛，好像親身經歷了那樣的事一般。

用別人的痛苦來讓自己開心的人，是沒有慈悲之

200 孔子弟子。《論語・公冶長》：「顏淵曰：願無伐善，無施勞。」

201 《論語・子罕》：「三軍可以奪帥也，匹夫不可奪志也。」

心的人。

成人的喜怒哀樂都是心中的虛妄幻想，但人都當作真實存在的事來在意。傷害心靈，比傷害身體更為嚴重。病痛多半來自於心中，少有來自於外界。服藥發汗，有時會沒有效果；而心中羞愧恐懼時，則必定要出汗[202]。由此可見心的作用，書凌雲之匾額而忽然白頭[203]的典故，即是先例。

❖

第一三〇段

不與人相爭，克己而從人，後己而先人，則善莫大焉。

202　嵇康《文選·養生論》：「夫服要求汗，或有弗得，而愧情一集，渙然流離。」

203　凌雲白頭《世說新語·巧藝》記載三國時魏明帝修建凌雲台，誤將匾額先釘上去了，於是用籠子裝著書法家韋誕，用轆轤把他吊離地面二十多丈高處書寫觀名。等韋誕下來的時候，頭髮都白了。於是他告誡後人，子子孫孫都不准練習榜書。

凡是喜歡在遊戲中爭强鬥勝的人，每當自己勝了，就興致盎然，因為技高一籌而沾沾自喜。但也要想到如果敗了，自己肯定會興味索然；再想到我這一敗，讓別人喜悅無比，恐怕就再也無心繼續了吧。以別人的失敗來讓自己歡喜，是有悖道德的行為。

親朋好友之間開玩笑，欺負別人以顯示自己機智過人，是很無禮的，所以在飲宴聚會中因一個玩笑而後長期結怨的事，不乏其例。這都是爭强好勝的惡果。要想勝過別人，最好就在學問和才智上，因為誠心求道的人，是不自誇、不與同輩爭高下的。放下權位，捨棄財貨，只有靠相當程度的學問見識才能辦到。

◆

第一三一段

酬謝他人，窮人不要用出錢的方式，老人不要用出力的方式[204]。明白自己能力的限度，做不到的就放棄，是聰明的表現。別人不許你放棄，是別人的錯；不自量力而勉强行事，則是自己的錯。

窮人做事不自量力就會變為盜賊；老人做事不自量力就會生病。

第一三二段

有條新修的路叫鳥羽道。這個鳥羽是自古就有的名稱，而非鳥羽殿[205]建成後才命名的。

元良親王元旦奏賀時高誦賀詞之聲，可謂一絕，從大極殿[206]傳出，在鳥羽道都能聽到。此事記載於《李部王記》。

---

204 《禮記・曲禮上》：「貧者不以貨財為禮，老者不以筋力為禮。」

205 鳥羽殿：十一世紀由白河天皇建造的位於京都附近的離宮，與鳥羽道沒有直接關係。

206 大極殿：天皇處理日常政務的處所，模仿長安太極殿所建。

第一三三段

天皇夜眠之處，御枕放在東面。大概向東而臥，能夠稟受陽氣，所以孔子睡覺時也是頭朝東方的[207]。也有人在佈置寢室時，將枕頭朝向南面，這種情況還比較常見。

白河院[208]寢臥時枕頭在北邊，有人諫道：「北面是忌諱的方位，伊勢在南面，如御足朝向太神宮方向而寢，是否不妥？」

向太神宮遙拜時，朝向的方位為巽位[209]，不是向南。

---

207 《論語・鄉黨》：「疾，君視之。東首加朝服，拖紳。」

208 白河院：日本第七十二代天皇白河天皇（1053—1129)讓位後的稱呼。

209 太神宮：指位於伊勢的皇太神宮。巽位：堪輿學中指的是東南方，為文昌位，主管文氣。

第一三四段

高倉院[210]法華堂[211]的三昧僧中，有某位律師[212]，有次拿鏡子端視自己的容顏，覺得醜陋得可怕，十分傷心，甚至對鏡子都憎惡起來。從此以後，就一直不敢照鏡子，也不再與人交往，除了御堂上的佛事以外，其他時間都閉門不出。

此事我是聽說的，仍不勝感慨這律師的難能可貴。

世上聰明的人，總善於揣摩別人，卻不懂得瞭解自己。不自知而欲知人，是不合常理的；只有自知的

---

210 高倉院：即日本第八十代天皇高倉天皇（1161－1181）讓位後的稱呼。

211 法華堂：又作懺法堂、三昧堂。指以普賢菩薩為本尊，而修法華三昧之堂舍。其中僧人稱為三昧僧。

212 律師：與「經師」、「論師」對舉。經師主要是通曉「經藏」或善於誦讀經文的僧人，論師偏重於稱呼精通「論藏」的僧人，「律師」則是通曉「律藏」的僧人。

人，才可能瞭解萬事萬物。

不知道自己容貌醜陋，不知道自己頭腦愚笨，不知道自己技藝拙劣，不知道自己地位低下，不知道自己年老體衰，不知道自己疾病在身，不知道自己陽壽將盡，不知道自己修行尚有不足之處，總之不知道自己身上的缺點，又怎麼能知道世人譏笑自己的原因呢？

容貌的變化，可以在鏡子裡看到；年歲的增長，可以數的出來。這些是能夠自知的，但知道之後，沒有相應的作為，這就等同於不知。所謂作為，並不是說能夠變醜為美、返老還童，而是說既然知道了自己容貌醜陋，何不立即引身而退？既然知道了自己已屆老年，何不靜心養身以求自保？既然知道了自己行事愚笨，何不一心一意地反躬自省[213]？

一向不受衆人歡迎，卻愛與衆人交往，真是羞恥。既沒長相也沒頭腦還出仕為官，才智低下還與博學大家相交，手藝拙劣還與能工巧匠聯席而坐，一頭白髮了還與少年人為伍，不免會因為奢望其不能得到的東西，焦慮其力所不能及的事[214]，苦候其本不會有的機遇，而畏懼他人、諂諛他人。如此種種，都不是別人施加的，而是自己貪心招致的恥辱。

貪心不止，是大限將至而不自知的緣故。

第一三五段

資季大納言入道有一次見到具氏宰相中將，對他說：「凡公有所疑問，在下無一不能回答。」

---

213 《尚書・大語謨》：「帝念茲在茲，釋茲在茲。」

214 歐陽文忠公集《秋聲賦》：「況思其力所不及，憂其智所不能。」

具氏說：「此話當真？」

答道：「何不發一問來試試？」

具氏說：「正經學問我一無所知，就不問了。倒是有些日常瑣事，不太明白，不如就拿一件來請教請教。」

資季說：「只要是身邊的事，都可以明白無誤地回答你。」

此時眾近侍和女官也圍過來，約定說：「真是有趣的打賭，不如一起到御前去，輸了的要做東請客。」

具氏說：「有句從小就聽得耳熟，但一直不太明白的話，即『吉良狐丘中凹入回筵道』，不知是何意思，請您解釋一下吧。」

大納言入道聽了瞠目結舌，答不上來，便說：「這種無聊的問題，不值得回答。」

具氏說：「高深的道理我一竅不通，只好拿這瑣屑的事來請教嘛。」

然而大納言入道畢竟輸了，遂隆重地宴請了眾人。

第一三六段

醫師篤成侍奉故法皇左右時，有次恰逢法皇進御膳，篤成說：「皇上若垂詢席上膳品的名字及食用的功效，臣當勉力憑記憶回答。若拿《本草》來核對，臣之回答，當無一有誤。」

此時六條故內府大人[215]正好在場，法皇便道：「有房，這正是你長學問的機會哦！」內府於是問道：「如此則先請問『鹽』字的偏旁是什麼？」篤成答道：「是土旁[216]。」內府說：「先生的學問我算是領教了，就問到這裡吧，不再深入了。」眾人聽了皆大笑，篤成則大慚而退。

215 故內府大人：指六條有房（1251—1319），鎌倉後期的公卿，最高官位至內大臣，同時也是和歌名人。

216 土旁：按照正體字，鹽字偏旁應為「皿」，俗寫的「鹽」字中才有「土」字。

第一三七段

盛開的櫻花和明朗的月色，世人所能觀賞的，難道僅此二者？

不論對著陰雨而想著明月，抑或垂簾幽居不問春歸何處，都是極有情趣的事。而如含苞待放的樹梢、花開遍地的庭院等等，可供觀賞之處還多著呢。

和歌之小序中有「本要看花，而花已零落」或「無奈沒能前去賞花」的話，難道不比「賞著了花」之類更有味道嗎？花殞月沉，皆為之惋惜嗟嘆，這是人之常情，但只有俗不可耐的人才說得出這樣的話：「這兒的花沒了，那兒的花也沒了，沒什麼看頭了！」

世上的事，最令人回味的，是開始和結束。男女戀愛，也是如此。戀愛之真味，不只在於日日相見且長相廝守。有時要因暫時難以見面而憂慮重重，有時要悲嘆緣分之變幻莫測，有時獨自輾轉到天明，有時遙寄相思於遠地，有時則遠避他鄉而追懷往日，凡此種種，都體驗過了，才敢說明白了戀愛的真諦。

發皎潔之光而令人一望千里的滿月[217]，不如期盼了一夜，到天快亮時才姍姍而來的月色更有韻味。此時的月，略帶青蒼之色，或在遠山之杉樹梢間隱現，或為天上之雨雲遮斷，都極有味道。一叢叢的椎樹與白樫，葉面如洗，輝映在月光下，望之沁人心脾。此情此景，豈能無知心者共賞？不禁懷想起京中的諸友來。

217 《和漢朗詠集．白居易》：「三五夜中新月色，兩千里外故人心。」

大體說來，可觀賞者，豈只限於眼前所見之月與花？春日閉門家中，或月夜靜處室內時，於心中想像其風致，也別有興味。

品流高尚的人物雖好物而不溺於物，雖興致頗高也能淡然處之。只有那些不解風雅的村夫俗子，才在遊賞之時力求盡興。賞花時擁擠在花下，或湊近盯著花看，要飲酒，要作連歌，最後手持折下的花枝，歡歡喜喜地打道回府；路過泉水時，一定要把手足都泡進去，遇到下雪時，一定要在雪地上踩踏，留下自己的足印。總之凡有景致處，決不悠然旁觀，一定要去耍弄一番才甘心。

此輩觀看賀茂祭的情形，也是妙不可言。

「祭神的隊伍還要有一陣子才過來呢，這會兒還待在看臺上有什麼意思？」說罷就湧入看臺後的人家裡，飲酒、大吃，下圍棋、雙六。待到外面放風之人喊道：「隊伍過來了！」才又一湧而出，你推我搡地擠上看臺，連看臺上的布簾好像也要被擠掉了。在觀看時，此輩絕不錯過任何細節，且都要評頭論足一番。當一個隊伍過去後，就說：「咱回去等下一輪吧。」又鑽回台後的屋子去戲耍了。此輩人眼中，只認眼前之物。

比較起來，京都人士就要文雅得多。彼等作閉目養神狀，似乎並不熱衷於觀看。職位較低的年輕侍從們緊隨其主，立於身後，也沒有誰探身引頸作態粗俗。總之這群人中，沒有一個表現出一定要看個清楚才甘心的樣子。

現場到處懸掛著葵葉，秀雅可人，而駕車前來者，已在天色未明之際悄然雲集於此，車中人時或左右探望，看看有無舊識，打打招呼。眾車錯雜相陳，有的妙趣橫生，有的光彩奪目，頗富觀賞趣味，在等待時，細加觀玩，倒頗能解悶。

然而到了日暮時分，一排排牛車與擁擠不堪的人群便突然不知去向，變得稀疏零落，看臺上的布簾與坐墊也紛紛被取走了，眼前呈現一片淒涼景象，讓人聯想到世道的盛衰，不禁感慨有加。把大路上的情景，這樣全部完整觀賞下來，才可以說觀賞了賀茂祭。

聚集於看臺之上的衆人中，相識的人不少，可知世上的人，其實並不太多。假設我須等到衆人死後才最後死去，實在也沒有相隔多少時間。在一個大容器中盛滿水，在它的底部鑿開一個小孔，水便往下而流。這孔雖然細小，但如果長流不止，也不需要太久，水就會流盡。

京都的人雖多，但每日都有人死去，且不止一二人。鳥部野、舟岡及衆多無名野山上，只見過送葬之人衆多之時，沒見過無人前去送葬的時候。因此賣棺材者的棺材做好不久就能賣出，不論老幼强弱，皆死期難料，僥倖能活到今天，實在是不可思議的奇妙之事。所以人生在世，來日方長的想法，是片刻都不能有的。

可以嘗試將雙六的棋子排作「繼子立」[218]的形狀，當其首尾成列之後，起初不知從何處下手取子。等數下數來，則依數取出一子；其他諸子，似乎還安然無事；然而再數、再取，最終會一子不剩。人死也是如此：死是必然的，所不同者先後而已。戰士在陣前，知道死亡就在眼前，所以能身家兩忘，不顧一切。遁世之人長住茅庵，靜享林泉之趣，如果自以為與戰士陣前迥然不同，那就太不智了。深山裡雖然靜僻，難道「無常」這個敵人就不會挾常勝之勢來攻打你？此時與死面對，與戰士在戰場上的情形，並無不同。

第一三八段

有貴人說：「賀茂祭過了，祭祀的葵葉也就沒有

218

繼子立：「繼子立」最早是在日本廣泛流傳的一個古老問題，它說的是，某貴族家有三十個孩子，其中十五人是前妻所生，十五人為後妻所生。要從這三十個孩子中選出一個來繼承家業，就讓這三十個孩子排成一圈，從某一個小孩開始往下數，讓第十個孩子從圈中退出，再從下一個繼續數，數到二十時就讓對應二十的那個孩子從圈中出去。照此數下去，數到整十的數時就把對應該數的孩子從圈中拉出，直到最後剩下一個孩子，就由這個孩子來繼承家業。如果現在只剩下一個前妻之子和十四個後妻之子了，那麼只要從這個前妻之子開始數，就可以使這個孩子成為「繼承之子」。後來依據以上的規則演變成為用雙六棋子玩的一種遊戲。

用了。」遂叫人將簾上懸掛的葵葉全部取下。此舉雖然頗乏情趣，但貴人行事，總歸有他的道理。

然而周防內侍[219]有和歌詠道：

「簾上空掛葵葉枯，難與斯人共清賞。」

這裡吟的是正殿簾上的枯葵，見於其家集。古和歌的題詞中，有「夾於枯葵葉中以贈」這樣的話。《枕草子》中也有說：「昔日之戀情猶如枯葵。」都是讓人吟詠再三的句子。鴨長明的《四季物語》也有說道：「祭後的葵葉還懸在御簾上。」見到自然枯萎的葵葉，都令人惋惜不已，更何況要全部將

219 周防內侍：白河天皇的內侍，著名歌人。

其丟棄？

御帳上懸掛的藥球[220]，在九月九日要配以菊花，之前應該是用菖蒲。枇杷皇太后[221]晏駕以後，弁乳母[222]。在她生前的御帳上見到已經枯萎的菖蒲、藥球等物，就說：「時節已過，其根猶在。」江之侍從聽了，就有詩句云：「菖蒲之草猶然在。」

第一三九段

可以在自家宅院中栽種的樹木，有松和櫻。松裡面，五葉松不錯；櫻呢，花為單瓣的要漂亮些。八重櫻以前只在奈良城裡有過，近來倒是許多地方都有了。奈良吉野和大內紫宸殿御階左側的櫻花，都

---

220 藥球：舊俗，五月初五端午節要佩戴辟邪之物，此處的藥球即懸掛在宮廷御帳上方以麝香、沉香、丁香等香料製成的錦球，外面飾以假花、艾草、菖蒲等。

221 枇杷皇太后：即藤原妍子（994—1027），三條天皇的皇后，三條天皇去世後居於枇杷殿，故稱枇杷皇太后。史書載妍子相貌華美，極喜歡唯美之物。

222 弁乳母：藤原妍子與三條天皇的女兒的乳母，歌人。

是一重櫻；八重櫻是變種，花朵繁複累贅，沒有清爽之致，所以不種也罷。遲櫻也是不合時宜的東西。此外，容易生蟲的品種，也令人生厭。

梅花以白色和淡紅色為上選。一重白梅中花開較早的，以及八重紅梅中花帶幽香的，也都饒有意趣。開花晚的梅，與櫻花同時開放，就不太受世人矚目，其姿韻被櫻花蓋過，無語自謝，枯萎枝頭，很是煞風景。

京極入道中納言[223]說：「一重梅開得早，謝得也早，是性急而有趣的花。」不過他在自家窗下也種一重梅，至今其舊居南側還有兩株。

---

223 京極入道中納言：即藤原定家，與其父藤原俊成同為著名歌人。官至權中納言，七十歲時出家。

224 山吹：即棠棣，薔薇科，晚春開出黃色五瓣花。

225 杜若：又名燕子花，菖蒲科，初夏開出紫色或者白色大花。

226 撫子：又稱瞿麥，石竹科，葉呈線形，八九月間開出淡紅色花朵，利尿，可入藥。

227 薄：禾本科多年生草本，又稱為尾花，高約兩米，多用來覆蓋屋頂，葉呈線狀。

228 萩：中國稱為胡枝子，生複葉，秋天開出紅紫色或白色的蝶形花。

229 女郎花：即敗醬，草本植物，多為野生，羽狀複葉，夏秋間開出淡黃色傘狀花，根部可入藥，有利尿功能。

230 藤袴：即蘭草，一般野生於潮濕

柳也是有意趣的。四月初頭楓的嫩葉不錯，勝過世上的各種花和紅葉。

桔和桂，要以累年所成的大樹為好。

草，以山吹[224]、藤、杜若[225]、撫子[226]為好。

池中所植，應該是蓮。

秋草則有荻、薄[227]、桔梗、萩[228]、女郎花[229]、藤袴[230]、紫苑[231]、地榆[232]、苅萱[233]、龍膽[234]、菊（黃菊也可以）、蔦、葛、牽牛等，都不高，沿矮牆疏落的種點就好。

地帶，高約一米，秋天會開出帶香氣的淡紫色花朵。

231 紫苑：中國也叫還魂草、夜牽牛。菊科草本植物，高約兩米，葉呈橢圓形，有鋸齒，秋末開出黃色的花。

232 地榆：日本又稱吾木香，薔薇科草本植物，羽狀複葉，葉呈長橢圓形，秋天開出暗紅或紫色小花，根部可入藥，能止血。

233 苅萱：禾本科草本植物，野生，葉呈長線狀，根鬚為黃白色，可用以製作刷子。

234 龍膽：龍膽科草本植物，高約半米，葉形如細竹，秋天開出紫色鐘狀的花朵，根部煎服可健胃。

此外，世上罕見的品種，名字有唐風但聽來不太雅馴的品種，以及花不太常見的品種，都不是那麼妥帖可親。

大體說來，凡是珍奇少見的東西，都是品味低下的人所讚賞的，這些東西，還是不用為好。

❖

第一四〇段

留下身後之財，是智者不為的事。積蓄不好的東西沒有意義，而好東西再捨不得也終不能帶走。一生積蓄太多，反而是件苦事。口稱「我一定要得到它」，而爭奪人死後遺物的行徑，尤其醜惡。

凡想於身後留給某人的東西，最好在世的時候就給他。人除了日常必需品外，別的東西就不用再有了。

◈

第一四一段

悲田院[235]堯蓮上人出家前俗姓三浦，原本是武功超群的武士。有家鄉人來看望他，閒聊之間，說起：「只有關東人說話講信用，京城裡的人嘴上說得好聽，做起事來卻讓人失望。」

上人卻分辯道：「你是這麼想的哦。我久居京城，比較了解京城裡的人，到現在還不覺得他們有什麼不好。說起來，京中人心地善良，重感情。人家有求於己時，總不忍心斷然拒絕，雖然自己也挺為難的，但說不出口，只好勉強地應承下來。在他的本心

---

235 悲田院：佛學稱佛家有三福田：供養父母為恩田，供佛為敬田，施貧為悲田，做善事即種福因，由此可得無量福。因此泛稱社會救濟院，尤其是佛寺中的安養設施為「悲田院」。唐宋時期國家設立的收容孤老貧病人的慈善機構，也以「悲田」稱之。

看來，並不是虛情假意。只是因為生活窮困，力不從心，在好多事情上，就沒辦法兌現給人家的承諾。關東人是我的同鄉，為人不善於應酬，少一點人情味，而性情直率，要拒絕的事，一口就拒絕了，又因為比較富有，所以容易被人信賴。」

我以前認為上人說話多用方言，用詞也比較粗鄙，恐怕於佛理中的精微之處，未必能夠體會，但聽了這番話後，才明白上人心性高尚，能夠被眾僧選為一寺之主，也是因為心中有一團祥和之氣的緣故吧？

◈

第一四二段

看起來毫無情趣的人，隻言片語中，偶爾也有可

---

236 《孟子．梁惠王上》：「若民則無恆產，因無恆心。」

237 《論語．衛靈公》：「子曰：君子固窮，小人窮斯濫矣。」

取之處。

有個鄉村武士，兇神惡煞的樣子，有次問旁邊的人：「你有子女嗎？」那人回答說：「一個也沒有。」武士就說：「沒有子女的人是不懂人間真情的。如此說來，你真是個冷酷無情的人，可怕呀！」

這可謂至理名言。不懂恩愛的人，心中就沒有慈悲之心。不懂得孝養的人，有了子女後，才會明白父母之心。

捨世出家的人，孑然一身，與萬事不相關聯，常常鄙視羈絆塵世、諂人媚上、欲望深重的人，其實也不應當。若換了自己，為了至愛的親人與妻兒，就算不顧廉恥地淪為盜賊，也必然會願意的。緝拿盜賊，因他所犯的惡行而治他的罪，不如把國家治理好，讓世人免於饑寒。人無恆產，則無恒心[236]，人窮則為盜[237]，如果國家治理不善，人民會受饑寒之苦[238]，犯罪之人也難以絕跡。把人置於苦難之中，使其犯法，又繩之以法，真是可悲的做法。[239]

然而如何才能普惠衆生呢？上能摒棄奢靡，下能撫民勸農，則天下必得其利。倘有人在衣食能保的情況下，還要為非作惡，那就是真正的盜賊了。

第一四三段

聽人說，人臨終時的面相，最好的一種，是靜而不亂。這確是令人嚮往的。但愚昧之人喜歡由逝者此時的面相，作荒誕的附會，想當然地把其生平的言行誇讚一番，這恐怕並非逝者的本意。

---

238 《孟子．盡心》：「不煖不飽，謂之凍餒。」

239 《孟子．梁惠王上》：「及陷於罪然從而刑之是罔民也。」

死亡之事，雖權貴之人也不能確定，雖博學之士也不能推測。只要內心無愧，他人如何評價，也就無所謂了。

第一四四段

栂尾上人在路上行走時，聽到河邊有一洗馬的男子在說：「足，足！」上人誤聽為「阿」、「阿」，就停下腳步，問道：「真是讓人感動啊！這是開發宿執[240]的人，頻頻地念誦著『阿』字。請問是誰家的貴馬啊？」

那人回答說：「是府生[241]家的馬。」

---

240 開發宿執：佛教認為前世的功德對於今世來說就是宿執，今世開發宿執就能得到善果。足：日文讀音為「阿希」。洗馬者可能是指馬的腳，但被上人誤聽為「阿」字了。

241 府生：近衛府的下級官吏，日語「府生」與「不生」音相近。「阿」字：「阿」字為梵語字母中的第一個，佛教用以象徵萬物之根。因為它是萬物之原初，所以既不生，亦不滅。

上人又誤聽為「不生」，乃激動地拭著淚說：「太好了，這正是『阿』字本不生，我今日真是結了善緣！」

◈

第一四五段

御隨身[242]秦重躬在談到北面武士下野入道信願時，說：「這人是落馬之相，當慎之又慎！」但信願一向不以此為然，最後果然落馬而亡。

秦重躬真是精於此道的人，一句話，就讓人視之為神人。後來有人請教他：「什麼叫做落馬之相呢？」他回答說：「此人的臀部狀似桃核，又好騎

242 御隨身：上皇和攝政、關白的隨從被稱為御隨身，逢出行則佩戴弓箭警衛於前後。

沛艾之馬[243]，故有落馬之相。看來我這話，是說中了。」

第一四六段

明雲座主[244]遇到一個相士，就問他：「請看我有無兵仗之難？」相士說：「確實有這個面相。」座主又問：「怎麼講呢？」

相士說：「以座主的身份，原本並無此難，但心中既生此念，並蒙垂詢在下，則恐怕就是大難之前兆也。」

243 沛艾之馬：張衡《東京賦》有云：「齊騰驤而沛艾」，意指性情暴烈之馬。

244 明雲座主：日本天臺宗第五十五及第五十七世座主。

後來明雲果然中箭而亡。

第一四七段

近來有人說，多用針灸治療後，身體污穢，不得參與祭拜神社之事。但這個說法不見於明文規定。

第一四八段

四十歲以後的人，針灸時如果不灸三里穴[245]，就會上火，所以最好能灸之。

---

245 三里穴：外膝眼下三寸，脛骨外側約一橫指處。中國有「針必三里，灸必關元」的說法。古時為了使旅行時行走輕鬆，必先灸三里穴。

第一四九段

不要把鹿茸放在鼻子前聞，據說會有小蟲從鼻孔鑽入。會食人腦。

第一五〇段

「學藝之人，在技藝未達精熟之時，深藏不露，暗自苦練，一旦學成之後，才現技於衆人。這實在是令人豔羨的做法！」

然而說這話的人，一定會一技無成。

技藝未精時，廁身於名手之間，雖備受譏諷而不以為恥，雖遭人非議而能泰然處之，雖於此道缺乏天分，仍然好學不倦，不拘泥於陳法，也不任意妄為，積年之後，必然能脫穎而出，成為德藝俱佳、一時無雙的名手。

普天之下被稱為名手的人，學藝之初，其技藝都不免拙劣，且有頑固不去的瑕疵，但始終謹守正道，不放任自流，最終成為一代名家、萬人師表。這是不易的規律。

◆

第一五一段

某人說：「年過五十仍不能精通一門技藝，就可以放棄了。」說的也是，到了這個時候，再怎麼勤奮努力，成就也不會太大。

雖然老人做事不會被嘲笑，但以老邁之身，雜處於衆人之中，看著確有不太體面之感。大體說來，年老之後，就宜放下諸事，保養有閒之身，要的只是得體自重。

終其一生糾纏於世俗之事，是至愚之人。有想要學習的知識，就學習它，但得其旨趣，知其大概就可以了。當然，如果從來就沒有想要學的東西，就再好不過的了。

第一五二段

西大寺靜然上人身軀佝僂，眉髮皆白，一眼望去就是德行深厚的人。

上人進宮時，西園寺內大臣大人見了，就說：「真是令人尊重的相貌啊！」臉上流露出極其虔誠的神態。資朝卿[246]看到這情形，說：「不過是年歲大而已。」

改天，資朝卿派人抱著一隻年老脫毛的獅子狗進

246 資朝卿：即權中納言藤原資朝（1290—1332），其才學過人，曾為醍醐天皇謀劃王政復古，事敗被殺。

獻給內大臣大人，附言說：「真是令人尊重的相貌啊！」

第一五三段

為兼大納言入道被捕後，在衆武士的監護下，押送至六波羅[247]。資朝卿在一條[248]附近遇見，感嘆道：「真是令人羨慕啊，人生有此一回，足矣！」

第一五四段

還是這個資朝卿，有次在東寺門下避雨，那個地方當時聚集了許多殘疾人，無不手足扭曲、身體怪異，全是世上無雙的畸形人。

---

247 六波羅：地名，位於京都東山附近，因六波羅蜜寺而出名。

248 一條：地名，指一處街道。

起初，他還極感興趣，目不轉睛地觀看他們；不久便沒了興致，覺得慘不忍睹，心情也為之極差。轉念想世上最好看的，莫過於天然如常的事物吧。回家以後，又醒悟京中那些愛好盆栽的人，喜歡把枝條弄得盤曲詭異，就像喜歡那些畸形人一樣，真是極其無聊。於是將家中的盆栽花木全部拔除丟棄。這真是參悟了佛理的行為。

第一五五段

若要投身俗務而有所成就，第一要學會辨識時機。時機不對，說話不順人耳，做事不稱人心，最終成不了事。所以時機一定要用心把握。

只有患病、生子與死亡這三件事，談不上時機，不會因為時機不佳，它就不會發生。至於生、住、異、滅的轉換這等真正的大事，則如流勢迅猛的長江大河，滾滾向前，一刻不停。

不論真諦與俗諦，要想有所成就，都不需要講究時機，不要猶豫觀望，徑直做來便是。

人都說春老而夏來，夏盡則秋至，非也。春天到時，便已催發夏氣；夏日之初，即與秋氣相貫，秋天轉瞬就成冬寒。而在初冬十月，又有小春天氣，此時枯草變綠，梅花含苞。樹木的葉子，不是掉落之後才發新芽，而是新芽從舊葉之下萌發，促使其掉落。如此新在舊下，舊去新來，依序更替的勢頭是很迅速的。

生老病死的推移，相比之下，有過之而無不及。四季尚有固定之順序，死期的先後，就完全不可預期了。死不是從前面迎來的，而是從後面追來的。人都知道不免一死，但不明白死亡的到來完全是意料不到的。這好比是海邊的沙灘，乍看之下很寬闊，但漲潮之際，瞬間就被海水淹沒。

第一五六段

大臣舉行大饗[249]時，要借用適當的場所。宇治大臣大人是在東三條殿舉行的，因為殿在大內，所以特別呈請陛下幸臨他處回避。

雖然沒有任何親姻關係，但借用皇室女眷御所的先例也是有的。

第一五七段

手持毛筆時就想書寫，手持樂器時就想撥弄出聲，手持酒杯時就想喝酒，手持骰子時就想著雙六。

---

249 大饗：日本宮廷舊制，大臣接受任命之後舉辦的招待公卿、同事的宴會。

心念都由外物觸發，所以不要有不良的愛好。

研習聖教之經文，雖然重點著眼於其中一句，也不免要看看上下文，有時竟因此糾正了多年的錯誤。如果沒有於此時讀到此有疑之處，則不知於何處才能得到正解。這是觸物得利的例子之一。

也許絲毫沒有修道之心，在佛像前手持佛珠誦讀經文。這種消極無心之舉，也能修得善業。又如心思散亂時，坐在繩床[250]上，能於不知不覺間進入禪定之境。事與理，原本是一致的，不違背外界的事物、形象，則內心的領悟必淳正，故外界的事物、形象也不能一概視為無用的形式，須慎重對待。

---

250 繩床：粗繩製成、供僧人靜坐修禪時使用的座椅或坐墊。

第一五八段

有人問：「杯底的餘酒，棄而不飲，是有什麼講究呢？」

我回答說：「這叫做『凝當[251]』，是棄掉杯底殘渣而不飲的意思。」

那人說：「不是吧，應該叫『魚道[252]』，在杯底留一點酒，用來清洗酒杯上嘴巴碰過的地方。」

第一五九段

某貴人云：「所謂蜷結[253]，是因為用多股絲繩打結後，形狀類似蜷貝[254]，才有這個名字。」「蜷結」

---

251 凝當：凝，留存；當，杯底。

252 魚道：魚通過的道路。「魚道」與「凝當」的日語發音相近。此段講後人由日文中漢字的字面意思附會牽强的解釋。

253 蜷結：服裝上的小結，作裝飾用。

254 蜷貝：生活在河、湖之中的小貝，貝殼上有螺絲狀的卷兒。

讀作「尼那」是不對的。

第一六〇段

把在門上懸掛匾額稱為「打匾」，似不恰當。勘解由小路二品[255]禪門[256]稱之為「懸額」。把搭建看臺，說為「打看臺」，也不恰當。通常的說法是「搭天棚」，但叫作「搭看臺」更好些。

說「焚護摩[257]」也不妥，應為「修」或「護摩」。「行法」一詞中，「法」讀作清音也不恰當，應讀濁音，這是清閒寺僧正的看法。常用語中，這類問題頗不少。

---

255 二品指官位居於二位，禪門則表示是皈依佛教的男子。

256 勘解由小路二品禪門：指藤原經尹，世尊寺流派的書道宗師，勘解由小路本是京都一條路的名字，是經尹居住的地方。

257 焚護摩：護摩為梵語音譯，意為焚燒。焚護摩實際上是同義反複，指往火裡投入供物的儀式。

第一六一段

❖

櫻花的花期，有人說是從冬至算起的一百五十日內。也有人說要到時正[258]之後七日。但大體說來，從立春算起的七十五天，應該就不會錯。

第一六二段

❖

遍照寺的承仕法師經常去餵池邊的鳥，有一次，法師把食餌撒在法堂內，打開門後，無數池鳥飛撲進來，法師進去，關上門，就開始捕殺。一時之間，淒鳴撲騰之聲大起，在戶外都能聽到。正在附近割草的村童聽了，飛奔去告訴了衆人，於是村中的男人從四

---

258 時正：此處指春分。因春分時，晝夜時間一樣長短，故名。

面湧來，破門而入，正見到法師正手忙腳亂地大肆撲殺掙扎著的大雁，就把法師抓了起來，從村中一路解押到使廳。使廳[259]將法師殺害的鳥掛在他的脖子上，關進了大牢。這是基俊大納言任別當時發生的事。

第一六三段

「太沖」之「太」字，加點，還是不加點，在陰陽士[260]那裡是有很多爭議的。為此，盛親入道曾說：「吉平[261]手書的占文，背面留有天皇手跡的那一份，收藏在近衛關白大人家。占文上的『太』字，有點。」

---

259 使廳、別當：檢非違使廳，簡稱使廳，是日本戰國時期管理京都治安、衛生、民政的部門。其長官稱「別當」。

260 陰陽士：即陰陽師，隸屬陰陽寮，掌管天文曆法和占卜問卦。

261 吉平：陰陽博士，為傳奇人物。平安時期著名陰陽師安倍晴明的長子。

第一六四段

世人相逢之後，必定話多，沒有片刻安靜。從旁邊聽來，說的都是些無聊的話，如世上的傳聞，他人的是非等等，對人對己都沒有益處。

這個時候，不管是聽者還是說者，心裡必定都不知道自己在做無益之事吧。

第一六五段

從關東來與京都人交往，或者京都人去關東成家立業；又或離開本寺、本山去加入其他顯教、密教之僧人，凡此種種背棄了自己原有的習俗環境，而與他人交往者，都讓人看不順眼。

第一六六段

看世人一心一意地忙碌於事，就好比是春日裡用積雪堆砌佛像，要為它製作金銀珠玉的配飾、還要建造佛堂佛塔。然而建成之後，這雪佛如何安置進去呢？

人在有生之年，就像這雪佛一樣不斷地從底下融化，而在這期間，大肆經營、滿心期待的人還真不少。

◈

第一六七段

某專家，出席其他專業的聚會時，說：「嘿，要是我也有這個專長，在這兒就不致於像個局外人了！」也有人話雖然不說出口，但心裡其實有同樣的想法。這是人之常情，然而並不足取。如果羨慕別人的專業，就應該說：「唉，真令人羨慕，當初我為何不學這個呢？」

拿自己的一己之長去與人爭個高低，就像長角的動物用角去頂人，長牙的動物用牙去咬人。人應該具備不誇耀自己的長處、不與人爭勝負的美德。爭強好勝之心，是人的一大過失。

品格高，才藝出衆，家中先輩也享有盛譽，心中就對別人不以為然，哪怕不說出口，這種念頭也該受到指摘。所以一定要謹慎，能夠忘掉自己的這些優勢最好。被人恥笑[262]、非難，以至於惹禍上身，都源自這種傲慢之心。

真正精通一藝的人，清楚自己的不足之處，常懷不滿之心，不會有向人自誇的時候。

---

262 《禮記．曲禮》：「志不可以滿，樂不可極。」

第一六八段

精通一門技藝的老年人，別人說起他時，總喜歡吹捧他一番，說：「待他百年之後，恐怕再找不到人請教這門技藝了。」看起來，這人雖然年老，生活還挺有意義的。不過也正是因為這門技藝，讓他勞碌一生，到老都不得清閒，似乎又意義不大。如果他在別人奉承之後只是回說：「現在都忘得差不多了！」那就好了。

大致說來，喜歡宣揚自己那點造詣的人，肯定不是個中強手；而一味自謙「我還不太精通」的人，反讓人覺得是這一行的大家。自己並不太懂，又強充內行，喜歡說三道四，別人聽來，雖然感覺不是太對，卻因他年長又不好指出，真是很難受的一件事。

第一六九段

有人說：「『某某式』的說法，在後嵯峨天皇之前是沒有的，是近來才有的用法。」

但建禮門院的右京大夫[263]，在後鳥羽院即位後再度出仕，居住在宮中，她曾經寫過這樣的話：「世間之式也並無變化。」

第一七〇段

沒什麼要緊的事，到別人家裡去盤桓，是不好的。最好有事才去，事情完結了之後就回來。在別人家中待得太久，也特別讓人討厭。

---

263 右京大夫：書家藤原伊行之女，日本古代著名女歌人，人生歷練曲折，頗具傳奇色彩。建禮門院為平清盛之女德子，高倉皇後，安德天皇之母。右京大夫是侍奉建禮門院的女官，時與平資盛相戀，經歷了種種不幸，而不久後平氏一門敗於壽永元曆之亂，家道沒落，資盛陣亡，建禮門院遁世，右京大夫也出宮隱居，直至後鳥羽天皇即位她才再次入宮侍主。以她的經歷來作為「世事無變」的注腳，耐人尋味。

坐在一起後，話必定就多，令人身體疲憊，心中煩亂，既耽誤做事，又浪費時間，對人對己都無益處。

對客人感到厭煩時，也不宜說話煩躁。如果不喜歡來客久坐，就明白地告訴他也無妨。至於情趣相投，願意暢談的人，如果正好無事可忙，就可以說：「請不妨安坐，今日可以作一長談。」阮籍的青眼、白眼，恐怕人人都有吧。

如果沒什麼事，過來坐坐，悠然閒談一陣，然後回去，也不錯。或者修書一封，說「久未奉教」云云，也頗為愉快。

❖

第一七一段

玩合貝遊戲[264]時，目光四處遊走，盡看別人的膝下與袖下，則跟前的貝不知不覺就被別人合去。擅長合貝的人，看他那副神態，好像並不想要別人的貝，只想合自己面前的，結果合來的貝反而很多。

彈碁時，在棋盤的對角各放一個小石子，然後從一端彈子以擊中對面的一子，如果彈時眼睛瞄著對角，則往往彈不中。如果收回目光，只對準近處的聖目[265]彈出，則必定擊中對面的石子。

凡事不必捨近求遠，只需專注於身邊的事，把它做好。清獻公[266]說：「做好事，莫問前程。[267]」經世保國之道，不也是同樣的嗎？

為政而不謹慎自律，輕率、任性、為所欲為，

---

264 合貝遊戲：又稱覆貝，遊戲規則是：衆人環坐，將三百六十個蛤殼各分成兩半，將其中一半扣在地上擺出一圈，中間留出空地。玩的時候先擲出一片貝殼於空地上，其餘人就在擺成一圈的貝殼中找到成對者，多者勝出。

265 聖目：又稱「井目」，指圍棋棋盤上特意標出的九個交叉點。

266 清獻公：趙抃，北宋著名政治家。

267 亦有一說此為五代十國的政治家馮道之作。

則遠州邊國必起叛亂，此時再謀求對應之策，就好比醫書所說：「起居不避風口潮濕處，則病，而求醫於神靈，是愚人也。」此輩並不明白，解除民衆當前之憂難，普施恩惠，勵行正道，自然會德被四方。就像大禹，遠征三苗，不如班師回國而施行德政。

第一七二段

少年時血氣旺盛，心易動，多情欲，此時恰如落地而走的珍珠，容易觸物而碎，常有性命之危。

年少的時候，總會做一些耽誤自己的事：或者貪好美豔之物而不惜錢財；或者心血來潮捨紅塵而著僧衣；或者逞强鬥狠，既恥於不如人，又羨慕別人比自己强，喜好多變，每日不同；或者沉溺女色，感情用事，講義氣而誤了大事；或者竟然效仿他人而不惜一死，從不知愛惜生命以求長壽；又或者因好色之名而飽受物議。

老年人精神衰退，嗜欲清淡，對於外物，能夠無動於衷，心中自然平靜，不會做無益之事，要愛惜身體，既不自煩，也不擾人。年老後，智慧勝過年輕時，就好比年輕時容貌風采勝過老年。

❖

第一七三段

小野小町[268]的生平事蹟還有不少不太明白的地方。她衰老後的情形，《玉造》一書有記載。此書有人說是清行所著，但也出現在高野大師的著作目錄中。大師死於承和初年，但小町的全盛期，豈不是在他過世以後？總之無法詳考了。

---

268 小野小町：為平安時代早期著名的女歌人，其和歌題材多為男女之愛，風格哀婉，為《古今和歌集》收錄作者中唯一的女性，有六歌仙之稱，而真正讓其馳名的，不是才華，而是她的美貌絕倫，因而在後世成為美女的代名詞，日本所有冠上地名的「某某小町」都代表當地公認的美人。

第一七四段

善於配合小鷹狩獵的獵犬，一旦用於配合大鷹，它就不再會配合小鷹了。得大而忘小，這道理是不會變的。

人事雖多，最有味的，莫過於潛修佛道了，這是真正的大事。人一旦立志從事於此，還有什麼別的營生放不下，還有什麼別的事要做呢？人再愚鈍，智力也不會比機靈的小狗低吧？

◆

第一七五段

世上有許多不可思議的事。

但凡有事，一定要喝酒，且喜歡强行勸酒，真不知道理何在。被勸酒的人，端著酒杯，皺著眉頭，一臉為難之色，直想趁人不備便扔下酒杯逃走。然而被發現後，則牽裳捉臂地被留在座上，强行灌飲。結果本來穩重端莊的人，變得瘋瘋癲癲，一味丟人現眼；本來正常的人，變成病重的人，醉得分不清前後左右，倒頭便睡。這樣的事如果發生在喜慶的場合，更是令人咋舌。大醉的次日醒來，頭痛欲裂，粒米難進，躺在床上痛苦呻吟，昨日的事彷彿發生在前世，一點也記不得了。公私大事都被耽誤，造成諸多不便。

讓人落到這地步的人，既不仁，也無禮；而遭此不幸的人，對强行灌酒的人，又豈能不心生怨恨？假如這樣的陋習，只在外國有，而我國沒有，我們聽起來，一定會覺得匪夷所思吧。

酒席上的衆生相，若只是旁觀，也會覺得不堪入目：體面而有教養的人，在酒席上卻放肆笑罵，說起話來喋喋不休，烏帽歪著，衣扣敞著，下衣高捲，雙腿裸裎，全然不顧體統，與平時的舉止大相徑庭。女人則撩起頭髮，不知羞恥地媚笑撒嬌，掰開那端著酒的粗人之嘴，往裡面塞進菜肴，自己也大嚼不已，真是醜態難當；全部的人盡力吼叫著，自歌自舞，甚至叫來年長的法師，光著汙黑的臂膀，一副不堪入目的惡俗模樣，連興致勃勃的旁觀者都覺得再也看不下去。

有人喝醉了喜歡誇誇其談，吹噓自己，還強迫身邊的人洗耳恭聽；有人喝醉了就哭泣；賤人們則相互謾罵，大打出手，讓人既驚又怕。接下來就開始為非作歹，強取別人之物，或摔倒在屋簷下，或從馬及車上墜落受傷；無車可乘的人，就跌跌撞撞地走在大路上，到土牆下或別人門前去行那方便之事。還有身著袈裟的年長法師，扶著小童的肩，滿口胡言、步履蹣跚，看著讓人心生憐憫。

如此等等，倘有益於今生來世，倒也無話可說；但實際而言，酒之於今生，是令人犯錯誤、損財貨、生病之物。雖然號稱「百藥之長[269]」，但百病皆因酒而生；雖然號稱可以忘憂[270]，但醉後反倒容易讓人傷心而泣。對來世而言，酒讓人喪失心智，如被火燒去善根，惡膽頓生，破除諸戒，最終必墮入地獄。佛祖云：「若以己手持酒器與人飲者，五百世輪迴中無手。」

然而酒雖有如上可厭處，也有其可愛而難捨時。月之夜、雪之朝、花之下，與人悠然閒談，舉杯小飲，可以助清興，發雅致；閒暇之日，友人意外來訪，則端出酒食，小加款待，心情也甚為愉快。在高貴之人家裡，酒食出於庖廚，經美人之手端來席上，感覺也頗不錯。隆冬之日，斗室之中，於火上小煮點什麼，與親密知己舉杯豪飲，是極有情趣之事。在旅舍或山野間，口中說著「何不上酒肴」，而徑直在草地上坐下飲用，也有意趣。

不善飲者，為人所強勸，則少許飲下一點，是不錯的事。此時座中有身份的人端起酒杯自言自語：

---

269 《漢書・食貨志下》：「酒，為百藥之長，嘉會之好。」

270 陶潛《文選・雜詩》：「泛此忘憂物，遠我達世情。」

「那麼我就再來一杯如何？反正酒已不多了。」聽著令人高興。若自己酒量甚好，席上又有極願結識的人在，則與之杯盞相親，也是十分可喜的事。

善飲的人，其實也天真可愛，頗為有趣。在別人家中醉臥不起，早上，主人家拉開紙窗時，他頓時手腳慌亂，睡眼惺忪，細髻曝露，都來不及穿衣，一把抱在手上就狼狽而逃。看著他穿著短衣短褲的背影和長滿毛髮的瘦腿，實在是有趣，還真像個醉漢的模樣。

◈

第一七六段

黑戶。小松御門[271]做臣子時，常去玩耍，喜歡在

---

271 小松御門：即光孝天皇（830—887），是仁明天皇的三子，五十五歲暮年時方才登基。光孝天皇自幼聰慧，勤奮好學，富於仁德，素有信望。且性情質樸，生活節儉，據說是《源氏物語》中的光源氏的原型之一。即位之時即倚賴藤原氏，開始了攝關政治，在光孝天皇臨終前，藤原基經在天皇床頭推舉第七皇子（後為宇多天皇）為皇太子，光孝天皇大喜，將皇子的手與藤原基經的手握在一起，對皇子說：「切勿忘大臣之恩！」成為藤原氏專權壓主的著名故事。由於他生於小松殿，後人稱之小松帝。御門即帝王之意。

那裡生火燒飯。在即皇位後，還戀戀不忘，常常臨幸此處。室內因有柴火薰燃之跡，故稱為黑戶。

◆

第一七七段

眾人準備在鎌倉中書王官邸中蹴鞠，但剛下過雨，庭院還未乾。於是眾人就如何處理提出各自的辦法。佐佐木隱岐入道用車拉了許多鋸木屑進來，撒在庭院中，蓋住了泥濘。有人稱讚說入道平時能積蓄鋸木屑，是難能可貴的品德。眾人也都頗為讚賞。

後來又說起此事時，吉田中納言說：「為何不用乾砂呢？」早先發出讚嘆的那個人聽了不由得心生慚愧。本來以為不錯的鋸木屑，現在看來確成為鄙俗不當之物。

負責庭院灑掃的人，要經常儲備乾砂以為不時之需，這是慣例。

❖

第一七八段

某家的武士們在內侍所觀看御神樂，對人說：「那不是某位大人奉持過的寶劍嗎？」旁邊一位大內的女官聽了，就自言自語地說：「那確是巡幸別殿[272]時手持的晝之御座[273]上的寶劍。」此言甚得要領，不愧是長期擔任典侍[274]的人。

❖

第一七九段

到過中土的沙門道眼上人帶回了《一切經》[275]，

---

272 別殿：相對於本殿清涼殿而言的其他宮殿。

273 晝之御座：清涼殿內天皇的座位，白天常座。

274 典侍：內侍司的女官分為尚侍、典侍、掌侍三個級別。

275 《一切經》：即《大藏經》。

安置在六波羅一帶名叫燒野的地方。他最著意於講解其中的《首楞嚴經》，並將其寺取名為那蘭陀寺。

上人說：「天竺的那蘭陀寺[276]大門朝北而開，傳聞這是江帥[277]的說法，但不見於《西域傳》、《法顯傳》和別的地方。江帥依據什麼而有此說，不知道。不過大唐西明寺的大門確實是朝北而開的。」

◈

第一八〇段

三球杖[278]是指這樣的儀式：從真言院拿出正月裡用來打球的球杖，到神泉苑[279]去燒掉。當時和歌中唱有「在法成就之池」一句，其池即是神泉苑的池。

---

276 那蘭陀寺：古印度佛寺。上人將之借用為日本佛寺之名。

277 江帥：指大江匡房（1041－1111），日本名臣，官至太宰權帥，故稱江帥，為平安朝後期著名漢學家、歌人。

278 球杖：兒童在正月用來打球的槌形杖，飾有彩色絲線。

279 神泉苑：天皇狩獵遊宴的庭園，在今二條城附近。

第一八一段

有博學者說的「降呀降粉雪，積呀積粉雪」中，因下雪好似碎米後用篩子篩下的米粉，故稱雲粉雪。原文中「たんばの」是由「たまれこゆき」誤轉而來。此謠的後面兩句是：「在那牆之上，在那木叉上。」

這首童謠大概古時已有之，鳥羽天皇小時見到下雪時，就曾唱過它，《贊歧典侍日記》中有記載。

❖

第一八二段

四條大納言隆親卿把乾鮭魚納入御膳的菜品，有人就問：「這等賤物豈能用於御膳？」大納言反問道：「如果鮭魚不可用於御膳，那為何活鮭可以，乾鮭就不可以呢？如果乾鮭魚不可用，為何乾鯰魚又可以？」

❖

第一八三段

頂人的牛要鋸掉角，咬人的馬要割掉耳，作為提醒他人之標誌。不作標誌，若再傷人，則要定主人的罪。咬人的狗也不可養。凡此都是法律所禁止的罪行。

第一八四段

相模守時賴[280]的母親名松下禪尼。有次相模守回家，有招待之事，禪尼於是親手持小刀，將熏黑之紙窗的破損處一一割去，擬重新裱糊。禪尼之兄城介義景，是主持這次招待的人，見了就說：「此事讓我交

280　相模守時賴：即北條時賴（1227—1263），為鎌倉幕府第五代將軍，以仁慈節儉著稱。「相模守」為官職名，是置於各領國的地方官，總管該國的行政、司法、警備等政務。

給某人來做吧，他比較在行。」禪尼說：「他於此事未必勝過我。」說罷就著手一格一格地重糊窗紙。義景又說：「何不將窗紙全用新紙換掉？不僅方便，而且無斑駁之跡，免礙觀瞻。」禪尼回答說：「貧尼也想過全換新紙，但之所以如此，也有原因，是要讓年輕人留意，知道殘破之物，可以稍加修補後繼續使用。」這真是感人的話。

治國之道，以儉約為本[281]。禪尼雖是女流，而與聖人之心相通。有子能保有天下，確為非常之人也。

第一八五段

城陸奧守泰盛[282]，是舉世無雙的騎手。他讓人牽

281 《論語．里仁》：「以約失之者鮮矣。」《論語．述而》：「奢則不孫，儉則固，與其不孫也寧固。」

282 城陸奧守泰盛：指安達泰盛。時任秋田城的副官兼陸奧守，所以稱為城陸奧守。陸奧守為官名。

馬出廄，見馬並足一躍，跨過門檻，就說：「此馬性烈！」就讓人易鞍換馬，不再騎這匹。又見有馬出廄時，伸足蹴踏門檻，就說：

「這是疲駑之馬，騎上必然受傷。」於是也棄而不用。

若非精於此道的人，是不懂得如此警惕謹慎的。

第一八六段

有名叫吉田的騎手說：「只要是馬，都不易駕馭，人力無法與之相抗。騎馬之前，要先仔細觀察，看清楚這馬哪裡強哪裡弱；其次要留意鞍與轡等騎具，有無潛在之危險。如有隱患，就不要再騎。不忘在這些地方留意的人，才稱得上騎手。這是騎術的秘訣。」

第一八七段

精通一藝的人，縱然技藝還不夠純熟，相較之聰穎但不專攻一藝的人，也有過之而無不及。大體上，前者專心致志，謹慎行事，而後者恃才妄為，做事輕率。兩者是有差別的。

這個道理不侷限於某門技藝而言。平常的作為與用心，如果因拙而謹慎，則得其根本；如果因巧而輕率，則失其根本。

第一八八段

有一人送其子去做法師，對他說：「你要專心學佛，通曉因果之理，以後能以說經之業立身處世。」其子遵從父親的教誨，要成為一名講經師。

而在學經之前，他要先學習騎馬。因為他考慮到自己無車無轎，假如有人請他當導師去做法事，一定會牽馬來迎接，自己如果像臀如桃核之人在鞍上坐不穩實，掉下馬來，豈不是大可擔憂之事？

又，在做完法事之後，衆人沒準要請法師飲酒，如果滴酒不沾，施主們勢必大掃其興，所以還要練習酒宴中要唱的早歌。

他對這兩種能力，學習起來漸覺其味無窮，就益發沉浸其中，力求專精，以至於根本沒時間學習說經，在轉眼之間，年齡就老了。

不僅這個法師如此，世上大多數人都是這樣。

年少的時候，想學很多立身的本事，還樣樣都想有大成就，要不研習技藝，要不潛修學問，頗為費心地謀劃著長遠之計。

之後，想到來日方長，就心生怠惰，只在眼前的瑣事中虛度時日，到老都還一事無成[283]。這個時候，一藝未精，並不如當初設想那樣能夠藉此立身處世，就算後悔，也沒法返老還童了，反而會像下坡的車輪那般，急速地衰老下去。

所以一生中最想做的幾件事，哪一件最重要，要深思熟慮，仔細比較。一旦找出最重要的事，就不要一再考慮其他事情，只專心一意地致力於此事就行。一天或一個時辰之中，也會有眾多事務擺在面前，同樣也只需做其中最為有用的那一件，其餘的都可以放置不顧，而把全副精力放在這第一大事上。如果該放棄

283 《和漢朗詠集》〈白居易・述懷〉：「事事無成身也老。」

的一樣也難以割捨，貪多務雜，必然一事無成。

可用圍棋來打個比方。下棋時，雙方都不會草率落子，所以要先對對手捨小而求大；然而棄三子比吃掉十子容易，棄十子比吃掉十一子難。雖然能多吃一子自己也願意，但是要棄掉十子之多，心中會痛惜不捨，不願意用這麼大的代價換取微小的優勢。此處不願，就轉向它處，它處仍不願，則又失去先機。

有人因急事，自京城趕赴東山，到了東山後，才想起西山之事或許更需辦妥，這時就該在對方門前轉身返回，去辦那西山之事。但他轉念想，既然已經到了這裡，不妨就先把這裡的事談妥，況且西山的事並無期限，等回去後再說吧。於是一時的懈怠便成終生的遺憾，不可不引以為戒。

立志要成就一事的人，就不要因他事之無法兼顧而感到痛惜；也不要因他人之嘲笑自己有諸般不能而感到羞恥。一事之成，要以捨棄萬事為代價。

集會之衆人中，有人説：「據説和歌中『赤穗之芒』尚有別種説法，渡邊的某法師曾從上輩人那裡聽説過。」登蓮法師在座，其時外面正下著雨，就説：「誰有蓑衣斗笠，借我一用？此刻就想去渡邊法師處請教此事。」那人説：「何必著急，雨停了再去不遲。」法師説：「休説這等無理的話，人命關天，豈能等到雨停再説？此刻我可能死去，那位上人亦可能死去，那找誰去請教此事呢？」説罷，疾步而出，而最終得以如願。

這則佚聞真是發人深省。《論語》云：「敏則有功。」[284]要把法師這種急於求知的心態，用於修得一大事的因緣上。

---

284 《論語・陽貨》『子張問仁於孔子。孔子曰：「能行五者於天下，為仁矣。」請問之。曰：「恭、寬、信、敏、惠。恭則不侮；寬則得衆；信則人任焉；敏則有功；惠則足以使人」。』

第一八九段

今日本想做某事，忽然又有另外的急事，於是此日即在忙亂中度過。等候的人有事來不了，沒有約好的人卻來了；有把握的事不能如願，本不期望的事卻意外順利；麻煩的事能夠圓滿解決，簡單的事卻留有後患。每日都有這種結果與期望不符的事，一年如此，一生也如此。

雖說希望之事總不能實現，但其中也偶有如願者。總歸事物之發展，實難料定，認定世事無常，才是最正確的想法。

第一九〇段

男子不應有妻。

我每聽人說「我一向獨居」，就覺得其人不俗；聽說其為某人女婿或要帶回某女同住，就極其反感。我猜想，那人其實沒什麼頭腦，竟把平常女子認作美人，一定要迎娶回家；如果女子確實是美人，則那人必定全心全意地侍奉著，就像我侍奉佛祖一樣。我這想法大體是沒有錯的。

主持家政的女人尤其讓人討厭，生兒育女，百般寵愛，也是毫無意義的事。男人死後，女人削髮為尼，其年老之醜狀，就算男人死了，也很難讓人接受。

不管是何種女人，與她相處久了，也會心生厭惡。從女方看來，不談婚娶，就有懸空而無著落之感。但不同住而經常往來的男女，反而可能成為感情持久、至死不渝的伴侶。

不期然而來，留宿一夜，對於雙方都保有新鮮之感。

第一九一段

所謂入夜則無物可觀的說法，是不足取的。

萬物的光華、裝飾與色彩，在夜晚看來更覺不同凡響。白天的裝束可以簡淡樸素一點，到了晚上，則以絢麗華美為佳。燈光之下，人的容顏神采看上去會美上加美。別人的談話，在暗處聽來，也更覺優雅而有味。各種香味與音樂，都在夜晚更加動人。

平時有深夜來訪之人，覺得別有一番清新韻致，頗為有味。青年人無時無刻不在打量著他人的裝束容貌，特別在可以放任的場合，不分便裝與盛裝，都是用心打扮了的。美男子在日暮時分才開始梳頭，女子也是在夜色漸深的時候才離開座位，拿出鏡子來化妝。這些都很有味道。

◈

第一九二段

參拜神佛，要在眾人都不參拜的日子去，晚上則更好。

◈

第一九三段

愚妄之輩以為能猜度他人的智慧能力，其實不得要領。

平庸下賤的人，只擅長圍棋，會認定不精於此道的賢者不及自己聰明能幹。所以某一門的專家，把不精於此門技藝的人看作不如自己，可以說是大錯特錯了。

文字法師[285]與暗證禪師[286]都認為對方不如自己，是兩方都不對。不應該拿自己專長的方面來與人家爭高下、論是非。

第一九四段

通達之人洞察世人，可以纖毫不誤。

比如有人散佈謊言，蠱惑世人，有的人容易被他哄騙，信以為真；有人不僅深信不疑，還附會上自己的說法；有人對萬事都無動於衷，對此更不加理會；有人略有疑問，但拿不準到底該不該相信它；有人不以為然，但想既然有人在談論它，或者也可能確有其事，不過也並不會去追究它；有人聽了，要先作一番

---

285 文字法師：指只知解釋經文而沒有悟道智慧的人。

286 暗證禪師：指不重視經文而只講求頓悟的禪僧。

推論，然後作心中了然之態，會心地點頭微笑，其實什麼都沒明白。有人如此這般推測一番，既覺得有理，也覺得不正確，一直將信將疑；有人拍手而笑，說沒什麼值得大驚小怪的；有人明知其為謊言，但嘴上不會說破，也不會有任何澄清之舉，只當自己是不知真相的人；又有人從頭到尾都知道謊言的由來，但不僅不指斥其人，反而推波助瀾，助紂為虐。

洞察世事者，對世間愚人的諸般伎倆乃至其言語、神態等細微處，無不能敏銳地察覺，了然於胸，無一遺漏。更不用說智慧通達神明的人，看我等執迷不悟的衆生，更如掌上觀物。不過以上評述，是就世俗而言，不是從佛教立場而論。

❖

第一九五段

有人從久我村的田間經過，見到一個身著小袖衣、大口褲的人，拿著木雕的地藏菩薩像在水田中認真清洗。正疑惑不解之際，又見兩三個身著狩衣的男人過來，說著：「在這兒！」就把那人帶走了。

那人即是久我內大臣大人，他精神正常時其實是一個可敬的妙人。

❖

第一九六段

東大寺[287]神輿[288]從東寺若宮歸座時，源氏公卿皆到若宮供奉。

上面提到的那個久我大人那時是大將，率領武士開路警戒。土御門相國見了問：「在神社前安排警備，有什麼講究嗎？」回答說：「侍衛的作用，武官家自然知道。」

287 東大寺：奈良七大寺之一。

288 神輿：神轎，祭祀活動時抬著，上面供有神的牌位。

後來又對人說：「這位相國只見到過《北山抄》，不知道《西宮記》[289]的說法。因害怕神屬下的惡鬼惡神作亂，所以要在神社中安排警備。」

❖

第一九七段

定額[290]一詞，不只用於寺院僧人，也有定額女孺[291]之說，見於《延喜式》[292]一書。凡公人有名額限制者，都可通用此詞。

❖

第一九八段

稱號中，不止有「揚名介[293]」，還有「揚名目[294]」，見於《政事要略》一書。

---

289 《北山抄》、《西宮記》：都是公卿大臣所作記述朝廷儀式、故典之書。

290 定額：當時對寺廟的僧侶有一定的人數限制，稱為「定額僧」。

291 女孺：內侍司的低等級女官，掌管灑掃、燈油等雜事。

292 《延喜式》：平安時代的著名法典，由醍醐天皇在延喜五年（905）開始編撰，最終在九二七年完成，全書記載的是日本宮廷禮儀和典章，由於大多沿襲由遣唐使帶來的唐朝規制，此書也成為研究唐代律令的重要資料。

293 揚名介：是只有官名而沒有職務、沒有俸祿的一種官職名稱。

294 揚名目：地方官中最低等級的官職。

第一九九段

橫川的行宣法印說：「唐土是呂調[295]之國，無律調之音；日本只有律調，沒有呂調。」

第二〇〇段

吳竹之葉細小，河竹之葉寬闊。御溝附近種的是河竹，仁壽殿一帶所種則是吳竹。

第二〇一段

有退凡[296]與下乘[297]兩種卒都婆[298]。離佛堂遠處為下

---

295 呂、律：古代樂音標準名。相傳黃帝時樂官伶倫截竹為管，以管之長短分別聲音的高低清濁，共十二種聲音，伶倫將十二樂律的奇數各音叫作「律」，偶數各音叫作「呂」。呂音偏陰柔，律音偏陽剛。

296 退凡：佛家用語，指不許凡人走近。

297 下乘：佛家用語，指須下車、下馬步行。

298 卒都婆：梵語，指方墳、圓塚、靈廟等，通譯為「塔」。

乘，離佛堂近處為退凡。

◈

第二〇二段

十月稱為神無月，忌祭祀[299]諸神。但此說不見有明確記載，也無典籍可以引證。只是因為這個月內，諸神社都沒有祭祀活動，才有了這個名稱吧？

也有人說是因為諸神在本月都到伊勢太神宮集會去了，不過這也是沒有依據的說法。如果這樣，在伊勢，十月就可以特稱為「祭月」，但此前也從未聽說過。天子在十月幸臨神社的先例不少，但其中不少成為不吉利[300]的事例。

---

299 忌祭祀：此月既已「無神」，自當無所祭祀。

300 不吉利：此處不吉利的典故當指花山天皇和後三條天皇都在十月之內行幸神社而遭到在位時間短暫及壽命不長的厄運。

第二〇三段

受敕命懸靭[301]的做法今世已失傳，無人知曉了。主上有疾或者民間有大疫時，要在五條之天神[302]處懸靭。鞍馬有一神社，名靭之明神，這也是要向他懸靭的神明。過去看到衙門捕快所背的懸靭，懸掛在哪家，哪家就禁止人出入。這種做法後來中斷了，現在只是用封條封門而已。

第二〇四段

向犯人施以笞刑時，先將犯人綁在拷器上，然後鞭打。拷器的樣式，捆綁的方法，現在都已失傳。

---

301 靭：靭是箭筒，一般為木製或銅製，大多背在背上。

302 五條之天神：指京都附近五條松原神社供奉的主管散播疾病的神靈，所以須加以祭祀慰解方得以消災。

第二〇五段

◈

比叡山有所謂大師起請時用的起請文[303]，最早由慈惠僧正記錄下來。起請文不在法曹介入的範圍。

古代聖明天子從不依據起請文來施政，這是近代才流行起來的事。又根據法令，水、火談不上不潔，唯容器才可稱為穢物。

第二〇六段

◈

德大寺右大臣大人任檢非違使的別當時，有一日在中門行使廳討論官廳公事，官人章兼牛車上的牛走

---

303 起請文：佛教用語，指迎接宗教傳教大師之靈時所寫的誓文。

脫了，來到使廳，徑直走上大理[304]所坐的濱床[305]，臥床反芻。

這是少有的怪事，衆人都說應該把牛牽到陰陽師那裡斷一斷吉凶。大理之父相國說：「牛又不曉得人事，既然有腳，哪裡不能去？因為這點意外就要沒收小吏的牛，真是豈有此理！」於是將牛歸還其主人，更換掉臥席，此後並無不吉利之事發生。這正是「見怪不怪，其怪自敗」。

❖

第二〇七段

在修建龜山殿平整地基時，遇到一座大墳，墳中聚集了無數大蛇。有人說這些蛇是當地的神，就把此

---

304 大理：即「別當」仿唐朝的稱呼。別當為檢非違使廳的主管官員。

305 濱床：四個寬三尺、高一尺的台座拼合之後鋪上草墊和坐席，稱為濱床。

事上奏皇上，皇上下詔徵詢意見，衆人答道：「自古以來這個墳塚就是蛇的地方，如果掘平它，把蛇趕走，恐怕不好。」

前段提到的那位太政大臣則說：「如果這是普天王土上的蛇，則它怎麼會在修建吾王皇宮時作祟呢？神鬼不為邪惡之事，應該不會見怪的，但掘無妨！」

於是毀掉了那墳塚，把大蛇驅趕進了大井川，此後並無事發生。

❖

第二〇八段

為經文之類物品繫紐時，要上下相交，有如繫袂，紐的一端從兩條帶子的交叉處橫穿出來，這是常見的繫法。但華嚴院的弘舜僧正只要見到這種繫法，就要解開來重繫，他說：「這是近來才有的繫法，正規的繫法是直接纏繞上去，然後將紐從上端往下塞入即可。」

僧正是見多識廣的老人，才諳熟這些舊制。

◈

第二〇九段

有人打官司與人爭田產，敗訴後，一氣之下派人去割掉那田裡的莊稼。奉命行事的諸人走一路，割一路。有人就問：「這不是他們爭的田，怎麼也這樣啊？」割莊稼的人說：「按道理這田是不該割的，但我輩做的這事本來就沒有道理，哪兒不能割啊！」

這等歪理聽起來還蠻有趣的！

◈

第二二〇段

有人說喚子鳥[306]是春季才有的鳥，然而究竟是什麼樣的鳥，書中並沒有明確的記載。真言宗某書中說，喚子鳥鳴叫時是在行招魂之法，法式皆合。此處說的其實是鵺鳥[307]。《萬葉集》有長歌，其「霞光飛，春日長」一句後，也有詠此鳥之句，作者似乎也把這兩種鳥搞混了。估計是鵺鳥與喚子鳥樣貌相似的緣故吧。

❖

第二二一段

世事無常，萬物都不足以長久倚賴。執迷不悟的人深信此生有物可恃，必爭為己有，於是心生怨怒之情。

---

306 喚子鳥：即布穀鳥。

307 鵺：傳說中的一種怪鳥，叫聲似小兒，世人以為不祥之聲。

實則權勢不可倚賴，因為強者先亡；財富不可倚賴，因為可以輕易散盡；才學不可倚賴，因為孔子[308]也有懷才不遇的時候；德行不可倚賴，因為顏回也是不幸之人；君王的寵幸不可倚賴，因為說不準何時會有殺身之禍；奴僕的恭順不可倚賴，因為難免有叛逃的事發生；人的志向不可倚賴，因為志向總有變化的時候；說好的事，不可倚賴，因為守信的人太少。

既然自己與他人都不可靠，那麼時運來時固然可喜，時運背時也不要抱怨。左右廣大才無障礙，前後遠闊方能通暢。若置身於逼仄處，則容易有衝突毀損；若用心於狹隘處，則不能舒坦通泰；怫逆他人而與之相爭，則容易傷及身體。若能心寬而性柔，才可

---

308 《史記・儒林傳》：「是已仲尼干七十餘君無所遇。」

以毫髮無損。

人為天地靈長[309]，天地無限，人之心性也一樣。人心如能廣大無垠，則不為喜怒所羈絆，也不為外物所煩擾。

◈

第二一二段

秋月為絕佳之物。月固然無時不佳，但仍以秋月為甚。不知道其中差別的，可謂不解風雅之至。

◈

第二一三段

往御爐中放置火炭時，從不用火箸夾炭直接放

---

309 《尚書・泰誓》：「惟天地萬物之父母，惟萬物之靈。」

入。一般應先在陶皿中放好，然後直接移入，如此要注意堆放的方法，不要讓火炭滾落下來。

皇上臨幸八幡時，供奉之人身著淨衣[310]，用手加火炭。有熟悉掌故的人說：「身著白衣時，用火箸也無妨。」

第二二四段

樂曲《想夫戀》，不是因女子思戀男子而得名。「想夫戀」原名「相府蓮」，由發音相同變化而來。晉人王儉喜歡在家裡種植蓮花，因而時人稱他的府上為蓮府[311]。回忽，又稱回鶻，而回鶻國為夷人中的強國，降漢以後，在朝覲時演奏的本國音樂，即是這支

310 淨衣：白衣，參拜神佛時使用。

311 《和漢朗詠集・山家・文時》：「王尚書之蓮府麗則麗，恨唯有紅顏之賓。」

樂曲。

◈

第二一五段

平宣時朝臣[312]在年老之後回憶舊事時說：「最明寺入道[313]某夜派人來請我去，我答應說：『就來！』但找不到直垂[314]，正躊躇中，使者又來了，傳話說：『是不是因為沒有直垂呢？夜裡不著禮服又何妨？請速來！』於是穿了像家中便服的舊直垂前去。進門時入道已拿出酒銚子及酒杯等著我，對我說：『獨自飲酒，頗感寂寥，所以派人去請你。只是沒有下酒菜，家人都睡了，叫起來頗為不便，如你能找到合適的佐酒之物，還望盡力找來！』於是點燃紙燭，到處搜尋，最後在廚房架上的小陶器裡，找到些許豆醬，拿

---

312 平宣時朝臣：即北條宣時（1238－1323），鐮倉幕府執權北條時政的四代孫，號大佛陸奧守。

313 最明寺入道：北條氏第五代執權北條時賴出家後的稱呼。

314 直垂：當時武士的通常服裝。上衣下裙，上衣交領，三角形廣袖，胸前繫帶。

去對入道說：『只找到這些了。』入道說：『這就夠了。』於是暢飲了幾輪，頗為盡興。當時的風尚便是如此。」

第二一六段

最明寺入道去鶴岡參拜神社，途中派人到足利左馬入道[315]處通報，隨後便去拜訪。當時左馬入道宴客的順序是：初獻為乾鮑魚片，再獻為蝦，三獻為搔餅[316]，如此而已。

在座的有東道主夫婦和隆弁僧正，宴罷之後，最明寺入道說：「年年都蒙賜足利染織之物，無時不感銘在心！」左馬入道即說：「已經置辦好了！」於是

---

315 足利左馬入道：左馬頭足利義氏（1189—1254）出家後的稱呼。左馬頭為主管各領國牧場的官吏。

316 搔餅：點心類食物，諸如蕎麥餅、荻餅等。

拿出各種染織物[317]三十件，並令侍女當面裁剪為短袖便服，等最明寺入道回去後送到他府上。

此事是當時親眼見到而最近還在世的人說的。

第二一七段

有大富豪說：

「人應摒棄萬事而專心致富，貧窮地活著，有什麼意思？富有之後，才能做人。要致富，須先持有致富心態，所謂致富心態，即認定人生在世乃長久之事，切不可有生死無常的想法，這是第一要義。

317 染織物：足利氏發源於下野國足利莊，即現在日本足利市，當地自古染織業便十分興旺。

「其次，不以金錢為滿足一切欲望之工具。人生在世，自己與他人的欲望都沒有窮盡之時，如果一味只想滿足欲望，則縱有百萬錢財也難留守。欲望沒有止境，錢財總會散盡，以有限之財去滿足無窮之欲，如何辦得到呢[318]？一旦心中萌生欲望，就要自我警惕，要將其看作可以毀滅自己的惡念，不可有絲毫的縱容。

「其次，如果視金錢為奴僕，任意驅使，則免不了會陷於貧苦之境；故當視金錢為君王、為神明，心中敬畏，不可隨意使用。

「其次，遭遇羞恥之事，也不要抱怨憤怒。

318 《莊子・養生主》：「吾生也有涯，知也無涯，以有涯隨無涯，殆矣。」

「其次，要堅守正道，自我約束。

「如果遵循以上的道理來謀求財富，則財富將滾滾而來，如火往乾處走，水往低處流[319]。想要源源不斷地積累金錢，就不要沈溺於聲色宴飲，不要裝飾居所，縱然物欲沒有滿足，內心一樣愉悅自在。」

世人之所以要謀求財富，是因它可以成就志向；之所以看重金錢，是因它可以滿足欲望。如果願望滿足不了，有錢也不能用，那和貧窮的人有什麼差別，又有什麼樂趣可言呢？

照此看來，說以上這些話的人，其用意大約在於讓人斷絕欲念而不必憂心於貧困。與其以滿足欲望為

---

319 《周易．文言》：「水流濕，火就燥。」

樂，還不如一開始就沒有錢財。好比患癰疽的人，用水沖洗時極感快樂，但也比不上沒有罹患此病。於此可知世上並無貧富之別，究竟即[320]即是理即，大欲亦似無欲。

第二一八段

狐狸會咬人。有一舍人夜宿於堀川殿，腳就被狐狸所咬。仁和寺有位低階法師，晚上經過本寺門前時，有三隻狐狸向他撲來，咬傷了他。法師拔刀自衛，砍中兩隻，並殺掉其中一隻，另兩隻則逃走了。法師有多處被咬傷，不過後來也並無大礙。

---

320 究竟即、理即：天臺宗的教理中，有理即、名字即、觀行即、相似即、分證即、究竟即這樣六種從下到上修行的段位。理即是最初階段，指衆生皆有佛性但未開悟；究竟即是最高境界，已大徹大悟。

第二二九段

四條黃門說：「龍秋[321]在音樂上的修養，是極令人敬重的。此前曾來我這裡，對我說：『有一些淺薄之見，不揣冒昧，請略為陳說。我心裡對橫笛[322]五之孔的特點，一直有不解之處，大體說來如下：干之孔是平調[323]，五之孔是下無調，兩孔之間隔了勝絶調。上之孔是雙調，隔一鳧鐘調後，為黃鐘調的夕之孔。再隔一鸞鏡調，是盤涉調的中之孔；中之孔與六之孔之間，是神仙調。照此看來，各孔之間都有一調，只有五之孔和上之孔之間無調，但兩者的間距與它孔之間一樣，所以吹奏出來的聲音令人不快。因此吹奏此孔時要將橫笛稍往外移，但如果不能恰到好處，笛聲便不能與其他樂器融合。擅長吹奏五之孔的人不

321 龍秋：後醍醐時代著名的蕭笙大家，曾擔任皇帝的老師。

322 橫笛：唐樂的專用樂器，後也用於日本催馬樂、雅樂的伴奏。長約一尺三寸，除吹奏孔外，還有七孔，名字依次為：六之孔、中之孔、夕之孔、上之孔、五之孔、干之孔、次之孔。

323 平調：日本十二律之一。十二律包括：一越調、平調、盤涉調、黃鐘調、雙調、下無調、斷金調、勝絶調、鳧鐘調、鸞鏡調、神仙調、上無調。

多。』這真是至理名言，值得玩味。正是後生可畏啊！」[324]

又一日，景茂[325]說：「笙的各調都很協調，直接吹奏即可。吹笛則需以氣息來調協音律，其方法在師徒間相傳。笛的每一孔，都有其個性，也依吹奏者之不同而不同。每一孔，都需用心去吹奏，不只限於五之孔，只一味將笛外移，音調也未必能和諧，吹奏不當，不管哪一孔，發聲都令人不快。名家吹奏時，無孔不合律。音律不合，是人的錯，不是樂器的錯。」

第二二〇段

有人說：「邊遠地區一切都粗俗無味，只有天王

---

324 《論語・子罕》：「子曰，後生可畏，焉知來者之不如今也。」

325 景茂：與龍秋同時代的著名笛師。

寺的舞樂不亞於京都。」

天王寺有樂伶說：

「本寺的音樂，皆依音律調校，樂器的音調極準，勝過別處。因為聖德太子時候的正音之物尚保存在本寺，即六時堂前的大鐘。其鐘聲是黃鐘調的正中之音，音調隨寒暑變化而有高低之分，在二月涅槃會、聖靈會之間最準。有它作為標準，其他的音調都可以據以調校。」

總的說來，鐘聲都應該是黃鐘調。此調為無常之調，祇園精舍無常院的鐘聲即此調。據說雲西園寺的鐘，原本想要鑄成黃鐘調的鐘聲，但改造了多次都無法辦到。現在那裡合於黃鐘調的鐘，是從邊遠地區找來的。法金剛院的鐘聲也是黃鐘調。

❖

第二二二段

「建治弘安年間的賀茂祭時，放免[326]身上的裝飾物，是用特別的紺布四五端[327]，製成馬的形狀，馬尾與馬鬃用燈心草製成。飾物下的衣裳，是有蛛網花紋的水干綢[328]狩衣。如此打扮，頗有古和歌的遺韻，我等常常看到他們在巡行時這樣通過，十分有趣。」這是若干年老的道志[329]至今還津津樂道的事。

但近來的裝飾物一年比一年繁瑣，甚至在身上附加了許多重物，需要有人在兩旁攙扶，放免本人手上也不再持矛，走路時連呼吸都困難，看著讓人心中不快。

---

326 放免：犯人釋放後留在檢非違使廳打雜，負責搜查罪犯、護衛等職，稱為「放免」。

327 端：布匹的長度計量單位，一端大約為二丈六尺到二丈八尺之間，寬九寸。

328 水干綢：一種絹類，縮水後曬乾而成。

329 道志：大學寮中研習法律的人，一般被任用為檢非違使廳的「志」，稱為道志。大學寮是日本戰國時期負責學生教育、考試的部門。

第二二二段

竹谷的乘願房[330]拜訪東二條院時，女院問他：「為死者祈福，用什麼方式最有利益？」

乘願房答說：「光明真言。寶篋印陀羅尼。」

眾位弟子後來問他說：「為什麼這樣回答呢？為什麼不回答她念佛是最好的呢？」

乘願房答說：「就本宗而言，確實應該這樣回答。然而她問的是『為死者祈福而得大利益』，經文中沒有提到過，如果有人刨根究底，我怎麼回答？

---

330 乘願房：法然上人的弟子宗源（1168—1251），隱居於竹谷。東二條院：後深草天皇的皇后（約1231—1304），為太政大臣西園寺實氏之女。

在本宗經文中能找到依據的，就是這真言和陀羅尼331了。」

❖

第二三三段

田鶴大臣的稱謂，源自他童年時名為田鶴君。有人說是因為他養鶴，非也。

❖

第二三四段

陰陽師有宗入道從鎌倉來京城看我，進門後就勸我道：「此處庭院大而無當，沒有意義，很不好。明白人會把它全部改作農田，種上作物，只在中間留條小路就行了。」

---

331 光明真言、寶篋印陀羅尼：皆為佛經中可供念誦的神咒。

雖然只是一小塊地方，但棄置不用，的確毫無益處，是應該種點蔬果、藥材之類。

第二二五段

以下諸事是多久資講述的。

通憲入道選出了幾段有意思的舞式，教名為磬禪師的舞女跳。跳舞時，舞者身穿白色水干綢狩衣，佩帶鞘卷[332]，頭戴烏帽，故稱為男舞。

磬禪師的女兒名靜，繼承了這種舞蹈。這就是「白拍子[333]」的來由。舞蹈的歌曲唱的是佛和神的源起。後來源光行寫了不少歌詞，後鳥羽院也寫過，即

332 鞘卷：裝飾華麗的短刀。
333 白拍子：平安末期以後流行的舞曲名，也用以稱呼跳這種舞的舞女。

他教給龜菊[334]的那些。

第二二六段

後鳥羽院在位時，信濃國有位前國司，名為行長，素有博學之名，曾經受邀參與白樂天《新樂府》的討論，因為他把《七德舞》一詩忘了兩句，就被人取了個「五德冠者」的綽號。

他心中慚愧，就放棄學問，出家為僧。比叡山的慈鎮和尚當時對有一技之長的人，即便是販夫走卒，也都一併納入門下，並善待之，故這個信濃入道也到了和尚門下被撫養起來。

這位行長入道寫了《平家物語》[335]，傳授給一位

---

334 龜菊：京都「白拍子」舞女，受寵於後鳥羽上皇。

335 《平家物語》：日本中世紀長篇歷史戰爭小說，主要敘述以平清盛為首的平氏家族的故事。原稱《平曲》，又稱《平家琵琶曲》，最初為盲藝人以琵琶伴奏演唱的臺本，只有三卷，後經說書藝人傳唱、補充，加之一些文人校勘、改造，在1201－1221年初步形成今傳的十三卷本。

名叫生佛的盲人，讓他說書，書中對山門之事交代得尤其詳盡。又因為入道對九郎判官的事知道得很詳細，也都寫進了書中。蒲冠者的事蹟則不甚了了，所以書中多有遺漏。生佛是東國人，他找武士瞭解武士與武藝方面的事，然後告訴行長，讓他寫進書中。今天的琵琶法師們還能模仿生佛說書時的原腔原調。

◈

第二二七段

《六時禮贊》一書，是法然上人的弟子安樂集錄經文而成，供修行時誦讀用。後來太秦廣隆寺的僧人善觀房為它加上樂譜，成為聲明[336]。這就是「一念念佛[337]」的由來。誦唱經文始於後《法事贊》：中國唐朝和尚善導大師的著作。

---

336 聲明：指用有節奏的美妙聲音歌唱經文。

337 一念念佛：認為一念佛名即可往生的流派，與多念派相對。

第二二八段

千本[338]的釋迦念佛活動，由如輪上人創始於文永[339]年間。

◈

第二二九段

據說雕刻名手都用有點鈍的刻刀。妙觀[340]的刻刀就不太鋒利。

◈

第二三〇段

五條內裡[341]有妖怪。藤大納言大人對我說，殿上

---

338 千本：京都地名，該處有大報恩寺，每年定期舉行大念佛活動，集體唱誦佛的名號，稱為「釋迦念佛」。

339 文永：龜山天皇年號，自1264年至1274年。

340 妙觀：奈良時代的名匠。因雕刻了大阪攝津國勝尾寺的觀音像和四大天王像而聞名。

341 五條內裡：龜山天皇的皇宮，文永七年毀於火災。

的人在黑戶[342]下棋時，似有人拉開御簾往裡看，衆人問了聲是誰，回頭望去，看見一隻狐狸像人一般坐著往裡窺探。衆人一陣驚慌，大呼：「狐精！」狐狸聞聲也慌亂逃去。

這是還沒有修練成精的狐狸，想要變成人形，但還變不成。

第二三一段

園別當入道是一流的廚師。一日，某人出示一條極鮮美的鯉魚給衆人看，衆人於是都想一睹入道的烹飪妙技，但苦於不好啓齒，猶豫不決時，入道已經明白大家的意思，就說：「近來我已經連續剖鯉百日，

342 黑戶：宮中的一間屋子。

今日也不能免。麻煩各位一定讓我把這條魚煮了。」於是當著衆人的面，把這條鯉魚剖殺烹飪了。入道能體察衆人的心意，又頗為風趣，衆人都很感激。

有人把這件事告訴了北山太政入道，入道說：「這個事我聽來覺得可厭。不如說『既然沒有能剖鯉的人，何不讓我來試一試』，則更好。何必說剖鯉百日之類的話。」這席話也頗有道理。這是那人告訴我的，很有趣。

大體說來，自製佳話而為人添加興致，不如雖無興致也能泰然處之。比如請客一事，找好機會張羅周到固然不錯，但是隨便擇個時日淡然地表示一下更好。又如送人東西，不用找理由，只是說一句「這個送你」，顯出真誠之意。如果面露惋惜之色，好像人家在强迫自己，或者假裝說是打賭輸給對方的，都極其讓人厭惡。

❖

第二三二段

人應該看起來無知又無能才好。

有某人之子，相貌還不錯，有次在父親面前和人談話時，大引史書文句，看起來非常聰明好學。但是在長輩面前，還是不要炫耀的好。

又有次在某人家裡，請來琵琶法師說書，但在取出琵琶時，掉了一個弦柱，主人就說：「新做一個安上吧。」在座的一位男子，看起來頗為儒雅，說道：「那麼，有舊勺的木柄嗎？」

那人蓄著長指甲，一望而知是常彈琵琶的人。但盲法師的琵琶又何必用勺柄來做弦柱呢？這人莫非是借機向大家顯示他也是行家裡手？真是可笑。

而又有人接口說：「勺柄是檜物[343]木做的，不是好木材。」

在小事上也看得出年輕人修養的好壞。

❖

第二三三段

為人處世，要想沒有過失，最好的辦法是以誠相見。與人交往時，最好恭敬少言。不管男女老幼，這樣的人都最受歡迎。

至於相貌俊美的年輕人，如果言談得體，就更令人傾倒了。

眾人都討厭的，是那種臉上一副無所不知、無所

343 檜物：指用檜木薄板製作的盒子，這種薄板多是次等檜木。

不能的得意樣貌，說話旁若無人的人。

❖

第二三四段

被人詢問某事時，心裡想：對方雖然問我，但未必表示他不知道此事，自己老老實實地告訴他，似乎有點犯傻。於是就含含糊糊東拉西扯地回答別人。這樣做是不可以的。別人或者確實知道一些，但既然向自己詢問，就是想知道得更清楚一點。再說，一點也不知道的人，怎麼可能沒有呢？把自己所知坦率明白地告訴對方，必然會讓對方感覺自己穩重可靠。

別人不知道，而自己知道的事，在寫信時只說一句：「某事挺令人驚訝的。」收到信的人只得又回信問：「你說的究竟是哪件事呢？」這樣的事也讓人不舒服。有些事已成舊聞，必然也還有人不知道，從頭到尾地再告訴他，豈是壞事？

涉世不深的人總會犯這樣的錯誤。

◈

第二三五段

閒人莫入有主之家。

無主之家，路人都可以隨便出入；狐狸夜梟之類，也因屋中沒有人氣而堂皇入主，樹精一類怪物也會在裡面現形。

又，鏡子裡面既無顏色也無形象，才能把外界的物體反映出來；如果有顏色有形象，就反映不出物體了。

只有虛空，才最能容納物體。我等心中隨時都有雜念浮動，難道不是無心的緣故？如果心中有主，則萬事不入我心了。

第二三六段

丹波有個地方叫出雲，有個大神社遷移來此，建築極為雄偉。此地是名為志太的人的任職之地，到了秋天，這個志太就邀請聖海上人等一眾人，說：「敬請光臨出雲之神社，將以萩餅款待諸君。」於是帶著眾人來到了神社。眾人於社中各處參拜，深為震服，無不肅然起敬。

神社前有一獅子和一狛犬[344]石像，二者背相而立。上人看了極為感動，含著眼淚說：「善哉善哉，這獅犬的立向，實為罕見，必有其深意在，諸君若不留意此稀有之景，實在可惜！」眾人也覺得奇怪，

344 狛犬：外貌類似獅子，原是印度佛教典籍中的動物，佛教傳入中國，再傳向高麗，古代的日本又從朝鮮半島引進佛教，也就帶入了狛犬，於是狛犬也有「高麗犬」的稱呼。日本傳統中認為這是一種驅鬼的祥物，在天皇座前或神社前，多有獅子與狛犬相對擺放的雕像，獅子居左，狛犬居右。

都說：「確實和別的地方不同，回去後一定要把這地方勝景告訴都中人士。」上人還想追究它的來由，就叫來一位看著體體面面、博學多聞的神官，問道：「貴社的獅子如此安放，是有什麼來由的吧？願聞其詳。」神官回答說：「這實在是頑童所為，真是豈有此理！」於是上前將獅子與狛犬的方向調回到正面相對的原狀。上人的感動之淚，算是白流了。

第二三七段

在柳筥[345]上放置物品，視物品的不同，有橫向縱向之別。卷物要縱向放，用紙撚從木隙間穿過繫牢。硯也要縱向安放，筆的放置以不滾動為宜。這是三條右大臣大人說的。

345 柳筥：柳木製成的用來放置經卷、帽子等物的檯子。

但勘解由小路家的書法家們，是絕不會縱放，而一定要橫放的。

❖

第二三八段

天皇的隨從叫近友的，有《自讚》七條，都是與馬術相關的小事。我現也仿照他寫下七條「自讚」：

一、我與眾人觀賞櫻花時，在最勝光院一帶，有一男子策馬飛馳，我見了說：「如果那人再騎馬奔跑，馬會撲倒，男子也會墜地，不信我等在此看著。」眾人於是停下來觀望。那男子果然再次打馬奔馳，在拉起韁繩的時候，馬側身倒下，騎馬的人也滾落到泥濘中。我不幸言中，眾人大為佩服。

二、當今皇上在當太子時，東宮在萬里小路殿。其時我因事去拜訪崛川大納言，大納言正翻閱《論語》，見了我說：「太子想讀『惡紫之奪朱也』[346]那一則，沒有找到，就讓我檢索，所以在翻閱此書。」我說：「這句話當在第九卷某某處。」大納言說：「啊，太好了！」於是找了出來，趕去太子殿下處。這種事情，連學童也能辦到，以前的人連小事也都會自誇不已。

後鳥羽院向藤原定家徵求意見，說他御制的和歌裡「袖與袂同時出現在一首中，是否不太妥當？」定家回答說：「古歌裡有先例，即『黃芒之穗如秋野之袂，招搖如戀人動情而舞之袖』，當無不妥。」就這樣一件事，定家也詳細記錄下來，並說：「當日能

346 《論語・陽貨》：「子曰：惡紫之奪，朱也。」

記得此歌，引以為證，真是托了歌道的洪福，行了大運。」九條相國伊通公求官的款狀，把一些微末之事都一概寫了上去，大約也是為了自誇。

三、常在光院大鐘上的銘文，是在兼卿撰寫的，由行房朝臣謄錄。在大鐘鑄模之前，負責此事的入道把銘文的草稿拿給我看，其中有「花外送夕，聲聞百里」一句，我說：「銘文用的是陽平唐韻，此處『百里』二字恐怕不對。」入道說：「拿給你看真是拿對了，全是我的功勞啊！」於是將我的意見轉告給了撰寫者，撰寫者說：「確實不對，可以將這二字改為『數行』。」然而「數行」的意思也不明確，是「數步」的意思嗎？這就弄不明白了。

四、我與一行人去三塔巡禮，在橫川的常行堂，見到一件上書「龍華院」的舊匾額。堂僧鄭重其事地告訴我說：「題寫此匾的人，據聞不是佐理，就是行成，但尚不能確定。」我說：「如果是行成所書，背面應當有署名，佐理寫的就沒有。」匾額的背面早已積滿灰塵與蟲蛻，仔細清掃後，則行成的官職、名字和年號都赫然在目。眾人無不嘆服。

五、道眼上人在那蘭陀寺說法時，忘了八災[347]之名，就問在場的弟子：「你們有誰記得？」弟子中無人能答。我遂在聽講席上一一把它們列舉了出來，眾人無不佩服之至。

六、我隨從賢助僧正去參加撒香水[348]儀式，儀式未完，僧正退出來，要回去，但不見了同來的僧都，就派眾法師回去找。好一陣後，法師們回來說：「裡頭的法師們看起來都差不多，所以沒有找到。」僧正對我說：「真是惱人，麻煩你再去找一找。」我在一眾僧人中很快就把那僧都帶了出來。

---

347 八災：佛家用語，指妨礙修行的八種心境狀態，分別為憂、苦、喜、樂、尋、伺、出息、入息。尋和伺表示想要知道事原委的思想狀態。

348 撒香水儀式：佛教真言密教的一種祈禱儀式，以撒播供佛之香水喚起菩提之心。

七、二月十五日，月明夜深之際，我獨自一人去千本寺聽法，進法堂時，我掩面悄然從眾人後面入座。正聆聽之際，見一個姿色氣質出眾的女子分開眾人來到我面前坐下，香氣撲鼻。我覺得頗不妥當，就往後退了退，但女子緊跟著靠過來，我只好又後退，以至最後站了起來。

後來我與宮中某位年老女官閒聊時，她說：「有人瞧不起你，說你這人不解風情；還怨恨你說，你這人無情無義。」我說：「我實在不知道妳說的是什麼一回事。」談話也到此打住。

最後我得知，聽法的那晚，貴賓席上有人見我來了，就有意將一個盛裝的侍女派來，並對她說：「有機會就和他說說話，回來後告訴我他的反應，肯定有趣！」看起來這是個惡作劇。

第二三九段

八月十五日、九月十三日當婁宿[349]，此宿主清明，故這兩夜是賞月的良夜。

第二四〇段

男女之於暗夜私會，既怕人見到，又怕人聽到，但心中愛火之熾熱，不見不行。此段感情在日後必然永難忘懷。如果是那種經過父母兄弟同意的明媒正娶，就讓人掃興得很了。

有迫於生計的女子，因貪慕錢財，就托人對根本

---

349 婁宿：中國古代天文學分周天星座為二十八宿，四方各七，婁宿為西方第二宿。

不相配的老法師或鄉下人説：「願奉君之箕帚。」媒人也兩頭説好話，盡力撮合，於是把這素不相識的女子迎娶回來。這真是難以接受的事。

這樣的夫婦之間，有什麼話可説呢？夫婦之間，能夠一起回憶當年戀愛如何辛苦，如何擔憂害怕地只求相見一面的情形，那才叫情深意切呢。

凡是由他人撮合的夫婦，不免會厭惡對方，常常鬧得不愉快。若本是品貌俱無的老朽，把年輕貌美的女子娶回來，想著這麼個美女竟下嫁我這副德行的人，心中恐怕也會不太自在吧？品貌都不如人，相比之下，必定會自慚形穢，這樣過著日子真沒什麼意思。

梅香暗吐、月色朦朧之夜，佇立在她身旁；或任由宅垣旁的草露沾濕了衣裳，和她一起踏著曉月回去。沒有這些可供追憶的往事，還不如不要談情説愛。

第二四一段

十五的滿月瞬間即虧，不留心觀察的人是看不到月在一夜中的變化的。人在重病之時，病況也是時刻都在變化，不覺就瀕臨死亡。

當病情還不至於致命，就習慣性地想著存世之日還長久，還可以完成若干心願，然後再潛心修佛；當病情加重，快邁進鬼門關時，自己還一事無成，才後悔平時的懈怠，想著這次若能痊癒，保住一命，一定要夜以繼日、勇猛精進，完成這件事、那件事；雖然發了這些誓，但病情突然惡化，神志不清，行為失控，最終還是過世了。世上的人，以這樣的人居多。

所以最緊要而需要牢記的事是：人都想完成了各種心願後，再把餘下的時間用以事佛，但人的心願是無窮無盡的。在變幻莫測的一生中，能做成什麼事呢？一切願望都是妄想。願望的產生，源於心的迷亂，所以一樁也不要去做了。要立即放下一切，一心向佛，心中才坦然無礙；只有一無所為，才能保全身心的寧靜。

❖

第二四二段

人之一生，總在為順境與逆境而焦心，原因是總想舍苦而求樂。人心所愛，即是人心所樂，從來不會停止追求。人心所愛者，一為名——有行跡之名與才藝之名兩種；二為色欲；三為食欲。人雖有萬千心願，但以這三種為最。一切都源於顛倒之相，無窮煩惱也由此而生，最好能捨棄不顧。

❖

第二四三段

我八歲的時候曾問家父：「什麼是佛？」家父回答：「佛是人所化。」

我又問：「人怎麼才能化為佛呢？」

家父又回答說：「遵從佛的教誨就可以成佛。」

我又問：「教人的佛，又是誰教的呢？」

家父又回答說：「是他之前的佛教的。」

我又問：「那麼第一個教人成佛的佛是什麼樣的呢？」

家父大笑著說：「要不是從天上掉下來的，就是從地裡冒出來的，誰知道呢。」

日後家父在與眾人笑談時說：「追問到這地步，就實在無法回答了。」

譯後記

文東

讀吉田兼好的《徒然草》，每每有會心處。且不論它引經據典時，常有論、孟、莊、易中我們耳熟能詳的章句，即在它所譏刺的紛紜世象，它所推崇的日常趣味裡面，喜歡讀明清筆記的人，也會看到不少似曾相識之處，要為之一頷首、一莞爾。

比如它對「觀賀茂祭」衆人諸相的描寫，就讓人想起張岱對杭州人「西湖賞月」的描寫；對庭院中草木花石的講究，在袁中郎的《瓶史》、文震亨的《長物志》等書中，也有頗多趣味相近的說法。這些，都讓我們在捧讀之際，有如逢舊友的欣悦。

兼好前半生在皇宮中任職，交遊廣泛、洞達人情，後半生出家當法師，更能妙悟佛諦，博通諸學。本書是他在出家之後陸續「漫錄」而成，書中既有佛理，又有人情，且廣涉典章制度、詩詞藝文、民情風俗以至奇聞趣事，乃是在徹悟的境界中，漫說平生的聞見，筆調率直自然、詼諧有趣，讀來既開懷，又醒腦。

兼好的思想，融會了儒、釋、道，而臻於通達之境。他的基本立場，仍然是勸人舍世向佛，但他不是高頌佛號，廣宣教義的法師，他安坐下來，悠然地對你擺談：你倘要立功名，或者當如是；你倘要積財貨，或者當如是；你要吟風賞月、倚紅偎翠，這裡也有幾個故事，看看是怎麼個玩法。至於庭院中的花木該如何選擇、居室裡的器物該如何措置、接物待人該如何得體，他都向你娓娓陳說自己的看法，間中還夾雜一些鄉野佚事、衆生醜行，打趣一番。他的意思是，你看世上精緻優雅有品味的生活，我這個法師其實都很懂，然而歸根結柢，我覺得人世間是個變幻無常的所在，我們朝思暮想、朝三暮四，想要這個，想要那個，不僅心煩意亂、勞神費力，而且任何時候都可能不期而亡，一切化為烏有。所以內心安寧平靜、沒有煩擾，才是人生的精要所在。要做到這點其實很簡單：放下過多的欲望，簡素度日；更明智一點的，就潛心修佛，以求往生。

「徒然」在日語裡是「無聊」的意思，其漢字的字面意思，是「無用」。雖然這兩個字，是把書的首句的頭兩字摘下來，聊作書名，但掩卷遐思，覺得「心安理得的無聊」，其實不妨是一種生活的境界，與莊子所謂「無用之用乃為大用」，在精神上也是相通的。對這本書，我們也可以作如是觀。

讀別人的書，而後有快感，表現出來，或者拍案稱絶，驚為天人；或者會心一笑，引為知己。然後要與二三子分享，甚至援筆為文，要推介給廣大人民群衆。人在讀到意外好書時的心態，與發現意外錢物時的心態截然不同。在讀書時，他發現了「好東西」，就恨不得讓更多的人分享，共鳴越多，就越快樂！而以我的個人經驗，倒是從來沒有遇到過有人廣為宣揚：

「我撿到個錢包，您也來分點兒去？」精神層面的財富，知識、智慧、趣味，我們都樂於慷慨共用。這種行為，在個人，是「嚶其鳴矣，求其友聲」；在國家，就是文化交流。在這個層面，人性總是展現出它溫馨可愛的一面。

作為譯者，我自然更多一層惶恐，生怕辜負了這部文學經典。之所以不憚淺陋，率爾操觚，也實在出於要與人分享好書的熱望。其間不免有所舛誤，誠望知者體恤，識者指瑕，俾既不誤讀者，也有慰於鄙懷雲。在此真誠致謝！

本書底本來源：

本書《徒然草》版本是據一八九二年圖書出版會社出版《標注段解徒然草》為底本，參考岩波文庫一九八五年版《新訂徒然草》譯出。

注解部分參照：

今泉忠義　改訂徒然草 現代語譯　角川經典文庫二〇一四年。

小川剛生　新版徒然草現代語譯　角川經典文庫二〇一五年版。

CVP0001

徒然草：吉田兼好的散策隨筆

作　者—吉田兼好
譯　者—文東
編　輯—黃煜智
封面設計—莊謹銘
內頁排版—李宜芝

董事長—趙政岷
出版者—時報文化出版企業股份有限公司
108019台北市和平西路三段240號一至七樓
發行專線—（02）2306-6842
讀者服務專線—0800-231-705、（02）2304-7103
讀者服務傳真—（02）2304-6858
郵撥—1934-4724時報文化出版公司
信箱—10899台北華江橋郵局第九十九信箱
時報悅讀網—https://www.readingtimes.com.tw
綠活線臉書—https://www.facebook.com/readingtimesgreenlife
法律顧問—理律法律事務所　陳長文律師、李念祖律師
印　刷—盈昌印刷有限公司
初版一刷—二〇一六年三月十一日
初版二刷—二〇二二年八月八日
定　價—新台幣二八〇元

時報文化出版公司成立於一九七五年，
並於一九九九年股票上櫃公開發行，於二〇〇八年脫離中時集團非屬旺中，
以「尊重智慧與創意的文化事業」為信念。

徒然草：吉田兼好的散策隨筆 / 吉田兼好著. -- 初版. --
臺北市：時報文化, 2016.03
面；　公分

ISBN 978-957-13-6555-8 (平裝)

861.647　　105001602

本繁體中文譯稿由中信出版集團股份有限公司授權使用

ISBN 978-957-13-6555-8
Printed in Taiwan

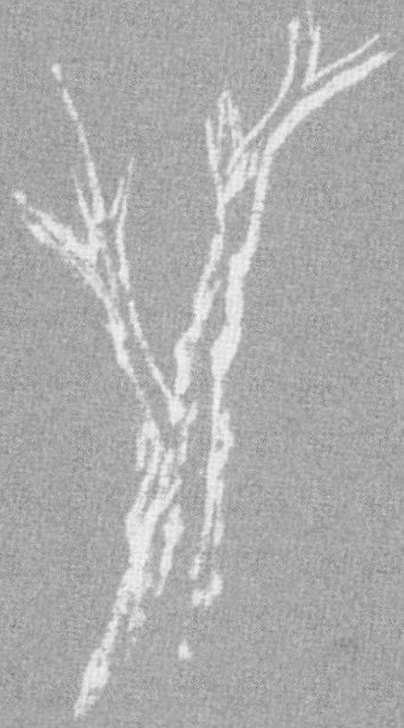

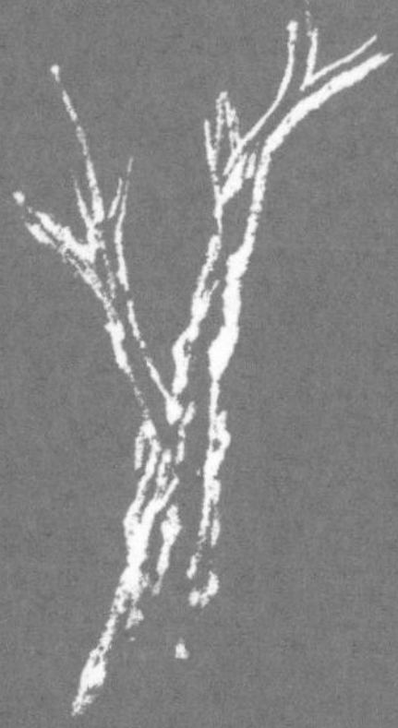